春

　　兼好法师一生大多数时间都在京都，在《徒然草》中也多次提到了京都的风景。这幅《京都名所观游绘》描绘了18世纪日本京都一年四季的景象。画卷中既有清水寺、鸟部山、金阁寺等京都著名的景点，有赛马等庆祝男孩节等传统节日的庆典，还有人们河边秋游、冬季捕鱼的景象。可以说这幅画真实反映了日本江户时代京都人的生活状态，是不可多得的艺术珍品。

← 春

← 春 京都名所观游绘　川岛重信/绘 江户时代　美国弗利尔美术馆/藏

← 冬

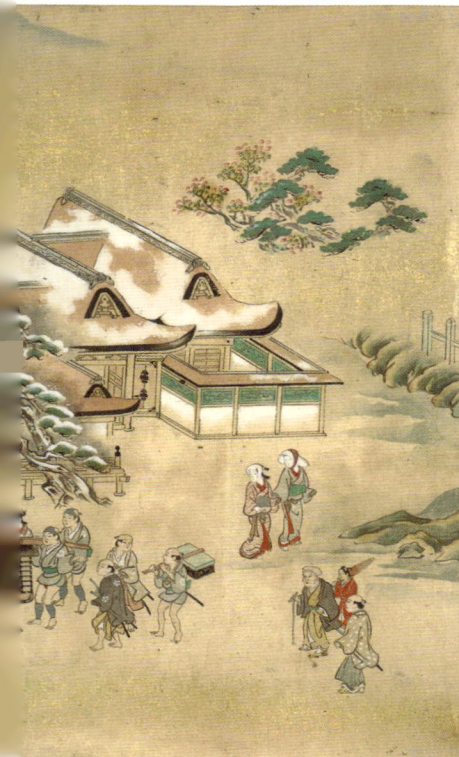

← 冬

あらしやま
はうつ山
大井川
てんりう
二そんゐん
天龍寺
亀の尾山

秋

← 秋

← 秋

徒然草

全译彩插珍藏版

[日] 吉田兼好／著

王新禧／译

天津出版传媒集团

天津人民出版社

图书在版编目（CIP）数据

徒然草：全译彩插珍藏版 /（日）吉田兼好著；王新禧译 . – 天津：天津人民出版社, 2019.11
　　ISBN 978-7-201-15292-9

　　Ⅰ . ①徒… Ⅱ . ①吉… ②王… Ⅲ . ①随笔 – 作品集 – 日本 – 中世纪 Ⅳ . ① I313.63

中国版本图书馆 CIP 数据核字 (2019) 第 216711 号

徒然草：全译彩插珍藏版
TU RAN CAO : QUANYI CAICHA ZHENCANGBAN
[日] 吉田兼好 著　王新禧 译

出　　版	天津人民出版社
出 版 人	刘　庆
地　　址	天津市和平区西康路 35 号康岳大厦
邮政编码	300051
邮购电话	（022）23332469
网　　址	http://www.tjrmcbs.com
电子信箱	reader@tjrmcbs.com

责任编辑	玮丽斯
监　　制	黄 利　万 夏
特约编辑	刘长娥　朱彦沛
营销支持	曹莉丽

制版印刷	艺堂印刷（天津）有限公司
经　　销	新华书店
开　　本	710 毫米 ×1000 毫米　1/16
印　　张	22
字　　数	260 千字
版次印次	2019 年 11 月第 1 版　2019 年 11 月第 1 次印刷
定　　价	88.00 元

徒然草画帖　住吉具庆 / 绘　江户时代

第五段

愿得无罪而赏配所之月。

徒然草绘卷（局部） 海北友雪 / 绘　江户时代

第七段

　　蜉蝣及夕而死，夏蝉不知春秋。若能淡然豁达、闲适悠游，则一载光阴亦觉绵绵无绝；若贪得无厌、常不知足，纵活千年亦不过短似一夜梦幻。

徒然草绘卷（局部） 海北友雪/绘 江户时代

第八段

　　衣裳所添之薰香，不过暂附其上；明知香难持久，却
难抵芬芳诱人，闻来不由心猿意马。

徒然草绘卷（局部） 海北友雪 / 绘　江户时代

第九段

　　爱执之道，根深源远。六尘之乐欲固多，皆可厌离。唯有惑于爱欲者，牵缠难断。无论老幼智愚，尽皆如是。

徒然草画帖　住吉具庆／绘　江户时代

第二十六段

人心是不待风吹而自落的花。

徒然草绘卷（局部） 海北友雪／绘　江户时代

第一百五十七段

取笔则欲书，执乐器便欲使其发声；举杯则思酒，持骰子便思赌。心思俱由外事触发，故不可有不良嗜好。

徒然草绘卷（局部） 海北友雪／绘 江户时代

第一百八十八段

　　是以当深思熟虑一生所期望之大事中，孰轻孰重。首要大事一定，则其外之事一律舍弃，一心一意成就此事。

渔樵图屏风　　铃木其一 / 绘　　纸本着色　　Joe D. Price/ 藏

译序

在日本古典文学史上，《徒然草》《方丈记》与《枕草子》因题材相近，内容幽玄静美，笔致清雅简洁，被合称日本古典随笔三璧，代表了日本近古散文创作的最高成就。

不过，虽然三部作品在声名、评价、艺术美等方面并驾齐驱，但细加比较，仍可发现它们之间存在着大不同。《枕草子》作为宫廷女性的散文集，诞生于光鲜织锦、华丽灿烂的平安朝最盛期，文风绮丽，明快柔美，充满着风花雪月。而《方丈记》与《徒然草》却分别诞生于干戈战乱、民不聊生的镰仓初期及南北朝时期，礼崩乐坏，事不稽古，多灾多难，人心惶惶。作者鸭长明和吉田兼好都有极高的汉学与和歌修养，都曾出仕朝廷，其后皆失意出家。他们有着相近的人生道路和思想感悟，所处的时代背景又一样充满苦难艰险。对现实的不满，对内心安宁的追求，令他们最终选择了相同的归宿：远离尘嚣，隐遁山野。他们的作品也自然而然地带有隐士气质，烙上了哲思批判、悲观反省的印记；见解精辟，深邃警世。所以，《徒然草》与《方丈记》在精神内核上是有别于《枕草子》的。如果说《枕草子》是贵族文学新形式的延伸，那么《徒然草》与《方丈记》就是隐士文学的滥觞与元典！

一 《徒然草》——意境优美、精辟警世的古典微博

《徒然草》的作者吉田兼好（1283—1350），是日本南北朝时期的著名歌人、隐士、随笔作家。他出身于神祇官世家的卜部氏一族，俗名卜部兼好；因居于京都吉田感神院，故被称为吉田兼好。

兼好的家族世代掌管朝廷祭祀，是有名的望族。在此家庭背景下，他从小就得到良好的教育，精通儒、佛、老庄之学。青年时期，他又师从和歌大师二条为世，以歌人的身份活跃于文学领域，与净弁、顿阿、庆运并称"和歌四天王"。1301 年，他出仕朝廷，历任六位藏人、左兵卫尉，但限于神官家庭出身，很难位列公卿。当提拔赏识他的后宇多上皇驾崩后，他旋即决定遁世出家，修持于比叡山横川。彼时大概三十岁。

兼好出家后，过着四处化缘、清贫简朴的生活，有时甚至要靠织席维持生计。他云游了全国诸多地方，大长见识，晚年在仁和寺附近的双冈居住，1350 年卒于伊贺。其作品除了《徒然草》外，还有个人和歌集《兼好法师集》。另有不少和歌作品收录于《续千载集》《续后拾遗集》《风雅集》中。

兼好生活的镰仓末期至南北朝初期，是古日本历史上最动荡、最黑暗的时代之一。旧制度崩溃，平安朝以来的价值观和贵族文化也从根本上开始动摇；新兴的武士阶级彼此间争权夺利，分庭抗礼；再加上连年不断的自然灾害，使得本已混乱的状况雪上加霜。兼好作为一个下层贵族，既目睹了平民百姓处于水深火热的境地，又了解上层统治集团的黑暗，他想改变这一切，却无能为力，只好选择遁世。因为遁入空门，使他与现实保持了一定的距离，可以从自由的立场凝视世间，深刻地思考一切，同时还能保持旁观者应有的清醒。

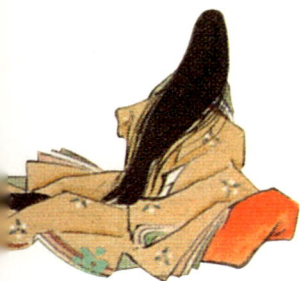

兼好前半生在朝，主管宫中总务与膳事，官职虽不高，却能结识不少公卿大臣，有机会了解诸多宫廷掌故，可谓交游甚广、人情练达；后半生出家，闲云野鹤，妙悟佛谛，看透世事空幻无常。丰富的人生阅历，再加上其本身性情中和、博通诸学，故而笔下文章趣味渊雅、见识明达，言简而又能尽兴。《徒然草》就是这样一部佳作。

"徒然"一词，在日语中意为无聊、寂寞；"草"指草子，指用假名写就，具有日本民族特色的随笔、日记或民间故事等。《徒然草》的书名便是仿古书体例，摘取首句的头两字而得。全书写于1324—1331年间，由序段与243段互不相连、长短不一的随性文字组成。与《方丈记》相比，其内容更为驳杂深广，视野更为开阔高远，包括自然观、艺术观、人生观、伦理观、无常观、处世警语、经验感悟、掌故考据、奇闻逸事等等，这些文字全是兼好兴之所至、有感即发而写下的随想、批判、评论、良言，颇似现在流行的微博。不同的是，兼好的微博不是写在网上，而是记于墙壁、纸片或经卷背面。当其辞世后，著名武将、歌人今川了俊命人搜其遗稿，于伊贺得歌稿五十页；又于吉田感神院墙壁及经卷抄本背面，得随笔若干，遂结集成此书。

由于吉田兼好写作的目的，只是为了排遣长日无聊，生前从未想过要传诸后世，因此其一直处于灵光乍现、漫然书之的创作状态。虽说是即兴创作、信手拈来，但精练坦荡，字字都凝结了作者的智慧和深刻见解。那些短则三言两语，长则细描详绘的叙事说理，将儒、道、佛、玄言寓于简单通俗中，行文又能将汉文、日语融冶一炉，真实、风趣、平易质朴，汰尽浮夸虚妄，闪烁着古老辩证法思想的光芒。此外，他还将人生的经验、体会、彻悟都囊括其中，虽没有引人入胜的情节，却是以沧桑之心发禅悟之语，静谧而超脱，于不拘一格间尽显灵韵，使人读后留下无穷的怀想和思索。

吉田兼好曾为官，又为僧，繁华看尽，行脚四方，其社会视野自然比较开阔。与这样的人生相对应，《徒然草》的着墨重点，也不外两类：一类载宫廷见闻、规章典仪，满溢贵族趣味与怀古幽情；另一类记寺庙人事，并以佛教之世界观，注视自然变化与事物变迁，对人生百态发表了坦率的批评和议论。这两类文字在内容上包罗万象，自然、爱情、事业、忧患、求道、居家、历史、怪谈……举凡当时世俗与空门所涉之人事，应有尽有。公卿贵族、武士、僧侣、艺人、工匠等各阶层人物纷纷登场，实录世间万态，感悟伦常情爱，抒写四时风物，品评衣食住行，宛如一幅描摹镰仓末期社会的绘卷，将彼时的朝野面貌栩栩如生地展现在读者面前。

当然，如果仅是内容丰富，尚不足以使《徒然草》傲立日本文学史数百年而不衰。其思想层面的深邃广阔，文笔的生动超妙，意境的悠然闲雅，不但予人优美的艺术享受，更发人深省、启迪智慧。这才是它直到现在仍光芒四射，令整个大和民族倾倒，并潜移默化地影响日本人的审美倾向与生活态度的主因所在。

《徒然草》的魅力，首先来自它的文字美。全书以纤丽绵密的古日文结合洗练简洁的古汉文写成，字里行间细腻蕴藉、雍容灵动。由于作者有着深厚的汉学修养，因此立意布局多仿中国古典笔记，遣词造句讲究典雅，同时频繁借鉴、化用古中国的诗词歌赋，引经据典，墨艳笔健，令作品散发出古色古香的动人韵味。那既朴素又辛辣，风趣而不油滑，超脱而不空疏的文字，将吉田兼好的个性情趣与中世的审美意识完整地投射其中，令人观之赏心悦目，读来唇齿留香，对后世文学作品的行文风格产生了重大影响。此次拙译在文风上特意采用文言的方式，就是为了保持原书中这种古典的文字美。

如果说文字美属于外在的表现，那么《徒然草》所具备的智慧美与意境美，则展现了其内在的高品质。

兼好以大杂学家的身份，跨越了千百年的时间之河，将先贤古圣、文章大儒都视为良友，汲取中日思想家、宗教家、哲学家的学问精华，融会贯通，化为己用。《徒然草》中多处援引《道德经》《论语》《庄子》《尚书》《昭明文选》《白乐天诗集》《古今和歌集》等古书的词句与观点，结合自身睿智、幽默、带有寓言性质的小故事，采用碎片式、积木式、插花式等叙述方式，安排在独具匠心的话题排列中，纵谈妙论，至理迭出，尽显机智与渊识，耐人寻味。

此外，在肯定贵族式的教养、学识的同时，面向庶民阶层，兼好也充分肯定了专家和专业技能的重要性，强调个人修养的不断提升与技艺的日益精进密切相关。风度姿容、谈吐礼仪，也是他评价人的又一个重要标准。

《徒然草》的智慧不仅表现在学问、才艺方面，更有诸多生活的智慧、为人处世的智慧。兼好以一个出家人的平和冲淡，将他对生活的见解与琢磨缓缓述来。虽然避世隐居，然而他对生活的态度是积极、乐观的，并不回避自己对世俗种种欲望的欣赏与理解。从庭院中的花木该如何选择，到居室里的器物如何措置，再到待人接物如何得体，他都不惜笔墨；世俗生活的诸多

趣味，例如赏花、饮酒、观月、幽会等，他都津津乐道。禁欲者与享乐派的思想并存，不虚饰，不做作，敞开胸怀，尽情去品味生活的真情趣。他就站在生活里，看人来人往，看万物纷繁；生活之理，就像他笔下的文字一般，虽淡然素朴，却暗藏玄机，意蕴深厚。

对于生的热爱，让兼好倾向于自我保全的智慧，其为人处世也大有心得。他格外强调人生应进退有度，言行得体而不遭人厌弃。在名利观上，他认为人世沉浮、红尘打滚，不免要追逐名利。求财慕荣，乃人之常情，无可厚非。但必须取之有道，诚信为本。为此，他一次次提出忠告，一次次给出建议，妙语警句在书中俯拾皆是。但他并不摆出一副教训人的面孔，也不进行晦涩枯燥的说教。这些率真的劝诫，都来自于他对现实人生深入细致的观察、理解，根底里含有一种温润，没有道学语，令人在莞尔颔首中，品读一位老法师在历尽沧桑后，浓缩五味而得的处世智慧。

总之，《徒然草》是聪明人写的慧世语录，是滋补的心灵鸡汤。它蕴含的东方哲理、人生智慧对日本民族的思维方式、人格修养都产生了巨大影响，被奉为日本的《论语》，跨越时空隧道，传承百年。

飘然出世、简单生存的兼好法师对生活上的享受并不提倡，而是追求适意自在和内心的安宁平静，所以在赋予《徒然草》高深智慧的同时，也在书中融入了脱离尘嚣、超然物外的意境美。与青灯古佛相伴，人情冷暖了然于心，悠然禅意和对世事的冷眼旁观，结合平安时代旧贵族的优雅，造就了兼好古典式的美学情趣和独特的审美观。他立身世俗却超越世俗，厌离红尘却不忘人间，用清新晓畅的文笔、精准唯美的语句，热烈而又冷静地描绘着自己生活其中的世界，将人生短促、烦恼所在、静思所得，以及自围之可笑、寄情山水之闲趣娓娓道来，句句清凉，宛如指出一条深幽的小径，令人行走其间，只感清醒与宁静。

有些文章好，是自自然然地好，不是用力地好。若心底不曾经历波澜，定写不出如此率性纯真的文字。如前所述，兼好撰本作时，并未考虑发表，也无所谓有无读者，因此绝不挂怀于受众口味，下笔自由随意，全无避忌阻碍，是内心思想的真实流露。这样淡然的心态，最适合散漫抒怀的随笔，有时灵感一闪而过，记下来寥寥数句；有时却行云流水连绵不绝，洋洋千百言，数纸而不能尽。读者品来，犹如与知心朋友漫谈聊天，时而忧伤，时而欢乐；时而家长里短，时而风花雪月。可以谈得很透彻，也可以轻飘飘地不着痕迹。待到话音落处，言语蒸发，真意也已道尽。过后细细回味，好似品过一杯荡涤心尘的清茶，甘香无穷，心境顿时明澈起来。

一人一悟一世界，一言一叹一微尘。在雨声沥沥、竹簟生凉的月夜，玩味兼好法师悉心存录的乐趣与境界，也许初时未必会意；熟读深思，方知其妙。透过别致的情趣与物哀的幽思，触到的是一颗脱尘绝想的心，清冽如泉水，又氤氲着一泓暖意。浮世蒸腾中，熙熙攘攘者尽多浅陋无文、利欲熏心，倘内心最柔软处尚不曾失守，实应让这些短章，拂去盘踞心头的积埃，令人心之花开得更加芬芳绚丽。

最后值得一提的是，《徒然草》所体现的无常美。全书的核心思想之一，就是对无常的透彻认识，以及由此所衍生的对无常美的欣赏。唐代中叶起，禅宗逐渐传入日本，为日本古典文化奠定了超然、淡然、寂然的基调。禅宗的"无常最美"和"无中万般有"的思想，深深感染了每个有慧根的人。高僧大德们倘徉于天地山水间，笑看花开花落、云卷云舒，让无常之美汩汩滋润着心田。兼好就是这样一位洞悉了无常美的高人。同为出家法师，与鸭长明万念俱灰的悲观相比，兼好所持的无常观，既有来自佛教的影响，又有来自儒家的"邦有道则见，邦无道则隐"的思想，甚至还导入了老庄"无欲无为"的哲学观念。杂糅各家精髓的结果，令《徒然草》中的无常观，予人乐观豁达、劝导向上的感觉。这种和而不同，具有一定的积极性，在当时离乱的社会背景下，实属难能可贵。

明了循环往复、无始无终的"流转之相"才是世相本质的兼好，抱持着宠辱不惊、去留无意的姿态，追求怡然自乐和内心的安宁，讲究放下诸缘与身心俱闲。放下诸缘是方法，身心俱闲是他所追索的最佳人生境界，两者都建立在他对无常美的认知上。

参透生死之道，是发现无常之美的首要条件。死，不可预测，也不可抗拒。生命消失令人无限慨叹，生死之间翻涌着不尽的情感波澜。倘若生命永存、无死无终，也就没有了对生之美好的认识。《徒然草》中有多处提及生死，深刻表达了兼好对于死亡的冷静观察与思考。他以一种审美的心理去认识生与死，消解死亡的哀恸，将生命无常的悲剧情结升华成了美感。正因有了这种"死生同状，万物一府"的体会，所以他的思想近于虚无，达到了"安时处顺，哀乐不入"的高度。反映在言行上，便是重视现世，珍惜生命，以积极的心态及时去品味生之乐趣，进而从无常的变化和迁移中，发现美的存在。

他心正气平，静观万物，在含苞待放的枝头探寻欠缺之美，在风吹花落后发现凋灭之美，在残月中欣赏不

完满之美。在他眼中，落花缺月仍有风情，人世爱而不得，思慕之时更有意趣。面对再好的美景，都能泰然处之，绝不喜形于色，因为其深知好景不常在之理，任何事物都无法逃脱无常的制约。这种建立在无常上的美学观，虽然带有东方的悲剧色彩，却是日本精神的静水流深。

兼好的无常审美观，运用在人与事方面，演化为尽量避免追求完美无缺，对万事万物都不苛求极致、圆满，因为圆满过后必是不圆满。他努力使人们明白"生之来不能却，其去不能止"的道理，因某一事物美好而试图使之永恒的做法是徒劳的，只是自寻烦恼。唯有任其自然才是聪明的做法。

可以说，无常美像一束煌煌之光，照耀着兼好的内心世界，令他破除一切执着，进入到"堕肢体，黜聪明，离形去知"的境界。他自在无拘、物我两忘地感怀着天地流转的空寂，而后透过《徒然草》澄明着数百年来亿万读者的思绪，于细微处温婉地灌溉着世人的心智。在经历了无数次物换星移后，依然沉静伫立，令今时身处熙攘的我们见到顿然有种猛回头的棒喝感。如果你正被炎世灼烤，心浮气躁；如果你正迷惘困惑，踯躅于人生的未明；如果你有各种各样的烦恼忧愁，需要指引——那么，请翻开这本惬意舒泰的小书，送一个清凉平和的心境给自己，留温暖美好的期待予世界！

二《方丈记》——无常是苦，隐逸最乐

《方丈记》的作者鸭长明，生于平安时代末期的 1155 年，是古日本著名的歌人、歌论家、随笔作家，同时也是一位琵琶名手。他生于神官世家，是鸭川边贺茂御祖神社神官的次子。小时候被寄居

在祖母家，由祖母抚养长大。二十岁左右，父亲与祖母相继去世，了无牵挂的鸭长明弃家游学，开始专心研究和歌及乐曲。先是拜著名歌僧俊惠为师，钻研歌道；随后又师从大音乐家中原有安，学弹琵琶。因两艺皆臻妙境，声誉日隆，四十六岁那年受到后鸟羽上皇赏识。当时上皇召集全国名声显扬的歌人，命作三种不同体例的和歌，和歌高手们大多无法应对，最后只有鸭长明、藤原良经、天台座主慈圆等六人成功。上皇大喜，遂任命鸭长明为和歌所的"寄人"（负责选定、创作和歌的官员）。鸭长明从此活跃于宫廷及和歌界，作品被选入《千载和歌集》《新古今和歌集》，迎来人生巅峰期。

鸭长明出身平平，以非贵族身份获上皇提拔，参与敕撰和歌集，可说是极大的荣耀。他不仅长于和歌，而且熟稔汉诗汉文，有着很高的汉文学修养和造诣，深得同时代文人公卿的钦仰。后鸟羽上皇对他青眼有加，因他父祖皆是贺茂御祖神社的神官，便又推荐他袭补父祖的神官职务。孰料遭到鸭长明同族鸭祐兼的强烈反对，不能如愿。生逢源平争霸的大乱世时代，又迭遇天灾人祸，再加上家道中落、仕途失意，饱经忧患的鸭长明心灰意冷，于五十岁时舍弃官禄，遁世出家，入大原山隐居，后迁至日野山，至死不出。1216年闰六月，鸭长明辞世，终年六十二岁。

《方丈记》即为鸭长明隐匿日野山时回忆生平际遇，叙述天地巨变，感慨人世无常的随笔集。其成书于1212年，被誉为日本隐士文学之"白眉"（最高峰）！全书共十三节，以简洁流利的和汉混合文体写成，笔意严整而富有感情，大致可分为两部分。前半部分从感慨世事多艰、人生虚幻出发，通过作者的耳闻目睹，生动写实地描述了平安末期悲惨的"五大灾厄"：大火、旋风、地震、迁都、饥荒，借社会的苦难揭示出人世无常、生存不易的道理。后半部分笔锋一转，由社会现实转向了隐居生活和内心世界。先是自叙身世，接着书写隐遁大原山，后又迁移日野山筑庵，以清雅的笔墨，记述了方丈之庵中闲寂的生活，同时表达自己内心的矛盾与烦恼。到最后直率地坦露心扉，为能否安于清贫而自我深省。全书叙述流畅，措辞佳美；结构巧妙，格调高逸；又善用比喻与对仗，情文交融，浑然天成，奠定了鸭长明"日本中世隐士文学鼻祖"的崇高地位。

作为一部流传千古的名作，《方丈记》对日本的文学、历史、思想等方面产生了极为深远的影响。之所以如此，主要在于其贯穿始终的无常思想，与大和民族纤细感性的内心世界高度契合，故而能引发日本人民长久的共鸣，并视之为万世不易的文化瑰宝。

无常观在日本人的精神领域占据着重要地位，并成为其文化发展的内在动力之一，这与日本人所处的自然环境有着密切的联系。日本列岛四面临海，远离大陆，从远古开始就不断受到海啸、地震、台风等天灾的侵袭。在这种恶劣条件下，日本人自然产生了"生命无常"的思想。而古日本不但灾害频仍，而且战祸不断，特别是在鸭长明所处的平安末期，矛盾尖锐，冲突频繁。源平相争导致的连年兵戈令人民饱受苦难，战士血流尽，百姓泪流干，人们命如微露，祸福难料，内心挣扎苦闷，却又无可奈何，唯有将希望寄托在佛教的"空观"与因果宿命论中，寻求解脱。

鸭长明半生颠沛流离，虽为著名歌人，又有上皇知遇之恩，但身处贵族社会向武士社会过渡的激荡时代，天皇制衰落，武士阶层暴起，社会动荡不安，亲身经历种种巨灾大变及人祸纷争，令他对人生苦短、诸行无常的认识尤为深刻。油然而生的幻灭感，促使他在关心、反映现实的作品中，处处流露出无常思想和强烈的悲哀情绪。《方丈记》的开篇，他就以流水、泡沫来比拟世间万象，指出一切事物的生成灭亡，都在瞬息变幻间。流水不归，世无常态，世事的不变只是暂时与相对的，变化无常才是永恒与绝对的。接着他又将人和宅邸比作牵牛花上的露珠，叹息人生短暂、生命虚幻。这脆弱易变的无常之苦，是他时时都想摆脱的梦魇。

然而看似平常的无常，却蕴藏着无穷的力量。人人皆在无常中，谁又能轻易摆脱？于是鸭长明一面悲叹自己生于末世，发出近乎绝望的呼号；一面又不停地在无常中寻出路，在变化中求新生。为此，他离开旧宅，遁入深山，匿居于山麓方丈小庵中，渴求在隐逸中找到幽静之乐。这里有自然的山野风光，有静僻的修行环境，更不乏率真的质朴人情，鸭长明在此发思古之幽情，抒怀旧之蓄念，细细咀嚼着人生的况味。他蔑视奢华，超脱死亡，以天地万物为邻，与琴书佛典为伴，怡然忘我，领悟到了生命的真谛。世俗的一切经营和纷争都已不在乎，一应物质上的享受也都不在意。自我放逐得到的报酬是蓑衣、拐杖、闲趣、佳景，以及"知己知世，无欲无往；但求宁静，无愁最乐"的状态和心境。终于，红尘中的种种羁绊远去了，精神上的真正自由来临了。清亮的月色，照进了闲寂的方丈之庵，也照进了所有淡泊名利、笑任晴雨的心。

本书附的《方丈记》有两段仅见于兼良本和流布本的文字，已是目前的最全译本。

王新禧

2019 年 9 月于福州

目 录

徒然草

二五

专题

附

徒然草

徒然草

序段

　　百无聊赖，终日枯坐砚前，心中诸事纷繁，遂信手而书，其中或有常理难度、不可名状之事，视为狂言可也。

徒然草绘卷（序段） 海北友雪/绘 江户时代

兼好法师身处草庵，持笔托腮，专心致志地盯着某处，好像陷入了沉思。这幅画传达的是兼好法师敢于直面自己内心的精神。

第一段

　　生于此世之人，欲求实多。御门①之御位固已尊崇至极，竹园生②之末叶③，亦非人间凡种，皆高贵无比。如摄政、关白④者，列位群臣之首，自是不敢奢求；即便跻身内廷、称为"舍人"⑤之寻常臣子，亦不可小觑。其子孙纵然没落，但高姿雅韵不减。与之相较，稍稍逢时得志，便自大骄矜、目中无人者，由旁人冷眼观之，实不值一哂也。

----

① 御门：指天皇。
② 竹园生：皇族后裔的雅称。"竹园"系西汉梁孝王刘武所营建的游赏之所，又名梁园、梁苑、兔园等。
③ 末叶：子子孙孙。
④ 摄政、关白：当天皇年幼时，太政大臣主持政事称"摄政"；天皇成年亲政后，摄政改称"关白"。
⑤ 舍人：在大内供职的侍卫。

徒然草绘卷（第一段）　海北友雪／绘　江户时代

画师采取特殊的绘画技巧，让人透过屋顶和天花板，直接看到室内的景象。在室内，有演奏乐器的人，有吟咏和歌的人，有行云流水般挥毫泼墨的人。画面中描绘的每一种技能都是当时社会贵族男性必备的修养。

世上罕有不慕法师者。然清少纳言①却言："出家者被人视若木屑。"②此话确实有理。升座说法，鼓噪喧闹，仿佛炙手可热；然究其本体，有何可取？诚如增贺圣③所言，囿于沽名，有违佛祖圣教。不过虔心舍世、皈依修行者，却颇有可欣羡处。

人之所望，皆盼容颜俊美。此等人但有所言，左右俱乐闻不厌。因其

① 清少纳言（965—1025）：平安时代著名女官，三十六歌仙之一，《枕草子》一书的作者。"清"是她的姓，"少纳言"是她在官中的官职名。
② 出自《枕草子》第五段《爱子出家》。
③ 增贺圣（917—1003）：指天台宗高僧增贺上人，为避名利之争而隐于大和国多武峰。为人洒脱，多有奇闻逸事传世。

有爱敬^①而不多言，故使人相对终日亦无乏味之感。至于相貌堂堂却无才德相辅者，低劣本性一朝被人识破，便是痛悔恨事了。

人品姿容本系天生，而心性却可精益求精、贤之更贤。容颜、心性俱佳者，若不学无术，又与貌丑品劣者为伍，甚至反不如此辈而被其所制，则着实遗憾也！

男子之最可贵事，在于经书实学、善作文^②、通和歌、晓管弦之道，谙熟典章制度及朝廷礼仪，足以为他人楷模，方称上品。书法工整，笔走龙蛇而挥洒自如；音声出众，善歌精韵而切中节拍。逢人劝酒，若固辞不免，亦能推杯换盏，尽力应酬。似此等，方为好男子。

第二段

忘却上古圣代之善政，不解民间愁苦、国家凋敝，只知穷奢极欲、妄自尊大者，凡事必暗昧不明。

九条殿^③遗诫有云："始自衣冠及于车马，随有用之，勿求美丽。"^④顺德院^⑤亦曾记禁中诸事，云："天皇着衣，以疏简为美。"

---

① 爱敬：有魅力，让人觉得可爱、亲切。

② 作文：指擅长写汉诗。

③ 九条殿：指右大臣藤原师辅（908—960），平安中期公卿，博学多才，著有《九条殿遗诫》。

④ 《九条殿遗诫》原文即为汉文，此处直接照录原文。

⑤ 顺德院：上皇居所称为"院"。顺德院是日本第八十四代顺德天皇退位后的称呼。其于1210年登基，1221年退位。

安德天皇 歌川国贞／绘 立命馆大学ARC／藏

　　"天皇着衣，以疏简为美。"世事变化无常，命运难测，美好的事物不能永存，人们也无力对抗。这种无常观，影响了日本人学会欣赏无常、简朴之美。无论是从个人处世态度还是一国治世之道来讲，都能看到这种简素的审美观。

第三段

万事皆能，独不涉风流男子，正如玉卮无当，虽宝非用。[1]

霜露侵衣，漂泊无定；心怀双亲训诫，忧心世人讥谤；忐忑不安，片刻无宁，以致孤枕独寝，夜不成寐。如此度日，方有趣致。

---

[1] 语出西晋左思《〈三都赋〉序》：“且夫玉卮无当，虽宝非用。”“卮”是古代盛酒的器皿；当，底部。玉杯无底，比喻事物华丽而不合实用。

徒然草绘卷（第三段）

海北友雪 / 绘　江户时代

恰到好处的恋爱是什么样的呢？兼好法师曾说过："为求伊人踯躅彷徨，畏于父母之责骂，扰于世人之非难，思前想后，辗转难眠。"意思是说为了向他（她）表白犹豫不决，害怕父母责骂，因他人的非难而困扰，想着这件事的前前后后，在床上翻来覆去睡不着。据说这就是恋爱的最佳状态。这幅画中就描绘了这样一位男子，他被父母责难，俯首自怜，夜晚在床上陷入沉思。

然，亦不可一味沉溺女色。须令女子知晓，己身非轻易可苟合之辈，斯为上佳。

第四段

来世不可忘于心，佛道不可疏于常。吾心念此深以为然。

第五段

　　人逢不幸而愁闷苦恼，以致落发出家，遁入空门，实乃草率之举。何不闭门独处，似在非在，于心无杂念中安然度日，更为适宜。显基中纳言①曾云："愿得无罪而赏配所之月。"②此语吾深有同感。

第六段

　　身份无论高贵或是卑微，总以无子嗣为妙。

　　如前中书王③、九条太政大臣④、花园左大臣⑤等，皆愿一族血脉绝于己身。染殿大臣⑥亦借《世继翁物语》⑦言道："若无子孙则为善事。后代顽劣，大是不妙！"圣德太子⑧生前督建陵寝时也有言："此处当断，彼处应切，如此方能绝嗣！"

---

① 显基中纳言：指平安时代的权中纳言源显基（1000—1047），后一条天皇宠臣，天皇驾崩后在大原出家，法号圆昭。

② "配所"是罪人流配之地，词出《唐律疏议·名例二·犯流应配》。据《大日本史》记载，源显基少而好学，笃志典籍，仕途顺畅。但恩遇虽隆，显基却素有退隐之志，常言："愿得无罪而赏配所之月。"

③ 前中书王：指中务卿兼明亲王（914—987），醍醐天皇之皇子。他曾兼任中务省长官，此官职相当于中国古代的中书令，所以被称为"中书王"。

④ 九条太政大臣：指平安末期公卿藤原伊通（1093—1165），1160年任太政大臣。有二子，皆先于他去世。

⑤ 花园左大臣：指平安后期辅仁亲王第二王子源有仁（1103—1147）。任从一位左大臣，在书道、礼仪、管弦、诗歌方面均有建树，是公家礼仪的完善者。

⑥ 染殿大臣：指平安初期公卿藤原良房（804—872）。

⑦ 《世继翁物语》：日本著名历史物语《大镜》的别称。但查此书，未见此话，类似言语出于《今镜》中，应系作者记忆错误。

⑧ 圣德太子（574—622）：日本飞鸟时代政治家，推古朝改革的推行者。

徒然草（全译彩插珍藏版）

前田家繁荣之图　豊原周延／绘

　　世人以多子多孙为福报，兼好认为若无子孙则为善事，这个观点看起来很消极，但在第一百四十二段中却又提到"须有子嗣，方明世间人情"。可以看出兼好法师虽是高僧，但终究也是具有七情六欲之人。

徒然草绘卷（第七段）

海北友雪/绘　江户时代

　　这幅画描绘了老人和孩童其乐融融的景象。人到了垂暮之年，却依然追求长寿，这种行为就像京都化野墓地里的朝露不会蒸发，鸟部山火葬场的青烟永不消散一样索然无味。在画面上方，山中升起了红色的烟霞。

第七段

　　若爱宕山野①之露永不消，鸟部山②之烟恒不散；人生在世，若能长存久住，则生有何欢？正因变幻无常、命运难测，方显人生况味无穷。

　　观诸世间众生，以人寿最长。蜉蝣朝生夕死，夏蝉不知春秋。若能淡然豁达、闲适悠游，则一载光阴亦觉绵绵无绝；若贪得无厌、常不知足，

---

①　爱宕山野：位于京都嵯峨野深处，曾为墓地。
②　鸟部山：位于京都近郊东山，是著名的火葬场。

纵活千年亦不过短似一夜梦幻。人生如寄，不得久住于世，徒然而待姿容老丑，有何意义？"寿则多辱"①，年四十之内辞世，最是佳妙。

过此年寿，便将忘却老丑，渐无自惭形秽之思，一心混迹人丛，抛头露面。待到暮年，又宠溺子孙，奢愿长寿以见彼等出人头地。似这般希图凡尘名利，全不懂人情物趣；耄耋丑态，流于下品。

---

① 语出《庄子外篇·天地》："尧曰：'多男子则多惧，富则多事，寿则多辱。是三者非所以养德也，故辞。'"

徒然草绘卷（第八段）　海北友雪／绘　江户时代

　　久米仙人是奈良时代传说中的人物。画面中，久米仙人在高崖上，被一个女子的美腿诱惑，难以转移视线。画作的长度有余，宽度有限，在画面上表现高度有一定的困难，画师在作品的中央描绘了云霞缭绕的景象，用来强调山崖之高。

第八段

　　世上最惑人心者，无过于色欲。人心实愚妄至极。

衣裳所添之薰香，不过暂附其上；明知香难持久，却难抵芬芳诱人，闻来不由心猿意马。昔有久米仙人，见河边浣女胫①白如雪，遂失神通②。盖因女子手足洁美、光泽丰凝，不同凡色。故惑人下堕，也自有其理。

---

① 胫：小腿。
② 据《元亨释书》卷十八："久米仙人，和州上郡人。入深山，学仙法，食松叶，服薜荔。一旦腾空，飞过故里，会妇人以足踏浣衣，其胫甚白，忽生染心，即时堕落。"

徒然草绘卷（第九段）　海北友雪／绘　江户时代

　　兼好用头发和木屐这两个例子来表达女性强烈的情感。这幅绘作中，宅邸内端坐着两位美丽的长发女子；屋外，雄鹿被笛声吸引而来。

第九段

　　女子美发，最惹人注目。而人品、气质等，即便未见其面，仅隔障晤谈，数语间亦可知悉。

　　但凡女子媚态，哪怕寻常举止便足以令男儿心魂摇荡。而女子寝不安枕，以至于轻抛贞洁、自荐枕席、甘忍骂名，皆因色欲迷人也。

爱执^①之道，根深源远。六尘^②之乐欲^③固多，皆可厌离。唯有惑于爱欲者，牵缠难断。无论老幼智愚，尽皆如是。

是故传言云："以妇人发丝搓绳，大象能缚^④；以妇人木屐制笛，吹之可引秋鹿。"女色之惑，男儿当谨慎惧戒也。

第十段

家居以舒适为要，虽系暂栖人世之所，仍不妨有其意趣。

风雅之士居处幽寂，月色朦胧，沁入胸臆，别有一番风情。当世风尚，所逐者尽为俗趣，无一可取。此间则群树杂立，庭草不修，心向天然。簀子^⑤、篱垣须与四周景致相配；家用器具也应古朴肃穆，无造作匠气，方能视之而生雅兴。

反之，众多工匠耗竭心力，造出唐土与大和极精巧器物；若将彼等纷乱杂陈，又将庭前所栽草木，以人力修整，拗其自然本性，则望之必生厌恶之心。如此俗境，焉能长住？吾每见这般宅邸，顿有所思，铺陈繁复又有何用？若遇火患，转瞬即成飞灰矣。故一般而言，观家居情状，便能知主人心性。

---

① 爱执：又称爱着、爱染，佛教用语，指原先洁净的本性为外界情欲所感染。
② 六尘：佛教语，指色尘、声尘、香尘、味尘、触尘、法尘。与眼、耳、鼻、舌、身、意这六根相接，便能污染净心，导致烦恼。
③ 乐欲：佛教语，指愿求、欲望。
④ 据《大威德陀罗尼经》卷十九："乃至以女人发作纲维，香象能系，况丈夫辈。"
⑤ 簀子：厢房周边面积约一间的外廊。簀子最早起通道作用，后来变成了游宴、仪式中的观礼席。

一七

第九段、第十段

徒然草绘卷（第十段）　海北友雪/绘　江户时代

　　图中描述的是歌人西行的故事。据说西行曾批判过藤原实定在屋顶上圈绳定界的事。仔细观察画面会发现，图中屋顶上也牢固地圈了绳子。由于绳子的存在，两只老鹰看起来无法停留在屋顶上了。

　　后德大寺大臣①于寝殿结绳驱鸢。西行②来访，见此情形，乃问："有鸢飞来，于主人何碍？此公心胸，由此可窥一斑。"遂不复再至。绫小路宫③亦曾于住所小坂殿④栋梁上，结下绳网。吾忆及西行前例，殿中侍者答曰："皆因乌鸦群集，啄食庭池之蛙。亲王目睹，心有不忍，故而结绳。"

————————————

① 后德大寺大臣：指平安末期、镰仓初期公卿，歌人藤原实定（1139—1192），官至正二位左大臣。

② 西行法师（1118—1190）：日本平安末期、镰仓初期著名歌僧，俗名佐藤义清，二十三岁时出家，法号圆位，一生共创作了两千多首和歌。

③ 绫小路宫：指龟山天皇第十二皇子性法惠亲王。

④ 小坂殿：天台宗寺院妙法院的别称。

善哉，此举大慈。由此推导，德大寺所为，怕也事出有因。

第十一段

神无月^①之时，过栗栖野，造访山中某村。青苔满径，步行良久，至

---

① 神无月：日本历的十月。因日本民间认为，八百万天神于十月在出云聚集，除出云外，日本各地都没有神灵，所以叫"神无月"。相应的，出云则称十月为"神有月"。

徒然草绘卷（第十一段） 海北友雪/绘 江户时代

一位法师饱含深情地望着橘子树。从背影来看，他似乎万分遗憾。这个故事源于兼好的亲身经历，由此可见图中的法师就是兼好本人。

徒然草绘卷（第十二段） 海北友雪／绘 江户时代

　　兼好法师独自一人寂寥地遥望着天空。中国古代有"道不同，不相为谋"的箴言，意思是说不要跟立场不同的人共事。这幅作品就描绘了兼好法师与道不同的人费心交流所产生的痛苦、孤寂之感。可见，心灵相通的挚友实在难求。

山村深处，见一草庵，寂寂独在。悬樋①埋于落叶，水珠滴答，再无别音。阏伽②棚上，散放菊花、红叶，显系折下未久。据此可知，庵中尚有人居。

草庵粗陋，竟可栖居，令人心中感慨。抬眼又见前方庭院有柑树一株，果实累累，压弯枝头。唯树周围篱一圈，望之顿失雅兴。若无此树，则可保野趣不失。

---

① 悬樋：悬于地面的引水筒。
② 阏伽：梵语音译，又作阿伽、遏伽、遏啰伽，指专供于佛前的功德水、香花水。

第十二段

　　与志同道合者悠然闲话，吟风诵月也好，谈论琐事也罢，均能真心相对，毫无隔阂。彼此言语互慰，实乃一大乐事。然知己难得，若对方一味迎合，与独坐冥思又有何异？

　　彼此交谈，既有完全认同时，亦有意见分歧时，互相争辩，说道"此

非在下想法"或"言之有理，便依你吧"等，大可慰藉无聊心境。倘有不满世道、欲吐胸中块垒者，吾持相左见地，与彼辩论，亦可略减寂寥。只是心存隔阂，比及挚友晤对，相去甚远。

第十三段

　　孤灯独坐，批卷品读，古人为友，甚感乐慰。

　　所读书籍，《文选》① 诸卷皆含妙韵。此外如《白氏文集》、老子《道德经》、庄子《南华》② 各篇，悉为佳作。吾国博士③ 所著书籍，才高论妙者亦所在多是。

---

① 《文选》：又称《昭明文选》，是中国现存最早的诗文总集，由南朝梁武帝长子萧统编选，共六十卷。

② 《南华》：庄子号"南华真人"，他所撰著的《庄子》一书，也被尊为《南华真经》。

③ 博士：日本古官制官职。

第十四段

　　和歌之道，饶有情致。山野樵夫、身份卑微者所做粗鄙事，一经入歌朗咏，立时别有况味。譬如野猪凶恶，一旦表为"卧猪之床"，便添了几分雅致。

　　近世和歌，虽有尚堪一读、抒情感人之篇，然歌外蕴藉已无。贯之①所咏"柔丝无可系"②，据传乃《古今集》中"歌屑"③，但当今歌者有几人可臻此境？彼时之古歌无论体式、用字多属同类，而独贬此歌为歌屑，令人费解。何况《源氏物语》曾引用此歌第二句。《新古今集》中"峰上矫松亦寂寞"④一歌，也有"歌屑"之评。此歌确有散漫之感，却在众议判⑤时，由天皇御定为佳作，其后更蒙上皇额外嘉奖。此事尽录于《家长日记》⑥中。

　　和歌之道虽古今未变，然今时仍传咏人口之古歌词、歌枕⑦，实与今人所作迥异。古歌平易质朴、风姿清丽，更为动人。

　　《梁尘秘抄》⑧所载郢曲⑨歌词，其间亦不乏饶有情致之作。古人即兴吟咏，所成歌句，聆之韵味亦佳。

---

① 贯之：纪贯之（868？—946？），日本著名歌人，平安朝初期和歌圣手，中古三十六歌仙之一。著有《土佐日记》《假名序》等，并参与编撰了《古今和歌集》。

② 出自《古今和歌集》卷九"羁旅歌"。全文："此道非丝织，柔丝无可系。何以离别路，令人感如细。"

③ 歌屑：水平低劣之作。

④ 出自《新古今和歌集》卷六"冬歌"。

⑤ 众议判：歌会上由和歌名家共同评定和歌优劣。

⑥ 《家长日记》：歌人源家长（1170—1234）所撰日记，详细记载了与《新古今和歌集》有关的事件。

⑦ 歌枕：和歌的一种修辞方式，多用于被咏诵的名胜古迹。

⑧ 《梁尘秘抄》：后白河法皇编撰的歌谣集，共十卷。

⑨ 郢曲："郢"是古代楚国的都城。郢曲原指楚歌，此处是各类乐曲的统称。

山野行乐图屏风 与谢芜村 / 绘　江户时代（18世纪）　东京国立博物馆 / 藏

　　山野樵夫、身份卑微的人所做的平常、细小的事，用和歌或者绘画的形式呈现，就会变得很有趣味。画面中，天刚微明，残月当空，三个游人骑着马在山路上缓缓而行；四位年迈的人在童仆的搀扶和驮运下，走过高山、河流。画面笔致简练，谐趣横生。

徒然草绘卷（第十五段） 海北友雪／绘 江户时代

在这幅绘作中，一行人在山中游览。兼好法师十分推崇在旅行时欣赏美景，增长见闻，因为田间和深山里充满了都城里看不到的新奇事物。此外，在寺院或神社中静修也颇有情趣。

第十五段

无论去往何地，只要踏上旅程，便能感到神清气爽。

　　信步闲游，放眼田舍僻村，所见俱觉新鲜。若适逢赴京者，可托其顺路捎信回京，嘱咐收信人"此事、彼事，得便时请予办妥"，也颇有趣致。

　　行旅在外，凡事均觉有趣。乃至土人所携器具，观之亦大感精巧。而才艺超群、姿容高雅者，此际看来更出众于平时。

　　独自造访佛寺、神社，匿身其间，也是乐事。

《江户名所百人美女》之一　歌川国贞／绘　安政四年（1857）　太田纪念美术馆／藏

日本的乐器形态及其演奏也充分反映出日本传统音乐注重音色的微妙差异。日本传统乐器中最有名的是三味线、尺八、太鼓、十三弦古筝，还有十七弦琴、萨摩琵琶等。

第十六段

论及神乐①，风雅而有深趣。

一言以述，笛、觱篥②于诸乐器中音色最佳。但琵琶、和琴乃吾最常欣赏之乐器。

---

① 神乐：举行祭神活动时，在神前演奏的音乐。

② 觱篥：古代管乐器的一种，又称悲篥、笳管、头管，有八孔和九孔之分，音色浑厚凄怆、低沉悲咽。

第十七段

隐居山寺，虔心礼佛，不但愁烦俱消，心间浊气亦得洗清。

旧大仙院方丈隔扇画　狩野元信/绘　室町时代（16世纪）　东京国立博物馆/藏

兼好法师说隐居山寺，虔心礼佛，不但愁烦俱消，心间浊气亦得洗清。寺院远离尘嚣，环境幽静，人们不自觉地放下世俗事。修行之人一些简单易懂的话，让前来朝拜的人、困惑的人茅塞顿开。

徒然草画帖（第十八段） 住吉具庆/绘 江户时代

中国隐士的历史源远流长，尧舜时代就出现了许由这样极具代表性的隐士，后来还影响到了日本的隐逸文化。画面中右侧的人物为许由，他在河边掬水而饮。画面左侧为孙晨，身上披着干草。

第十八段

人身在世，若能以朴素为本，摒弃奢靡，拒揽财货，视功名富贵如粪土，则堪称佳品。自古贤而富者，极为罕见。

中国古代有许由①，身无他物，以双手掬水而饮，人见之，赠予一瓢。许由将瓢悬于枝上，风吹瓢动，声响惹人心烦。许由便弃瓢不用，依旧以双手掬水。其心底清澄已至于斯。又有孙晨，冬月无衾，唯藁②一束，暮卧朝收。③

此等人在中国古代被尊为贤达高士，载入书典流芳百世。若在日本，必失传无闻矣。

---

① 许由：帝尧时的贤人，中国最早的隐士。

② 藁草：干草。

③ 据《太平御览》："长安孙晨家贫，为郡功曹，十月无被，夜卧藁束，昼收之。"又《三辅决录》："孙晨……家贫织席为业。明诗书，为京兆功曹。冬月无被，有藁一束，暮卧朝收。"

中日隐士文化对比

兼好法师推崇摒弃奢靡，拒揽财货，视功名富贵如粪土的行为，在《徒然草》中，他高度赞扬了中国古代的许由，可见中国的隐士文化对日本文化的影响。

中国的隐士文化源远流长，尧舜时代的许由，商代的伯夷、叔齐，东汉的严光，魏晋时期的竹林七贤、陶渊明等，都是中国隐士文化的代表人物。

日本历史上，较有名的隐士有平安时期的西行法师、镰仓时期的鸭长明、南北朝时期的吉田兼好。中日的隐士选择归隐既有相同点，也有不同点。

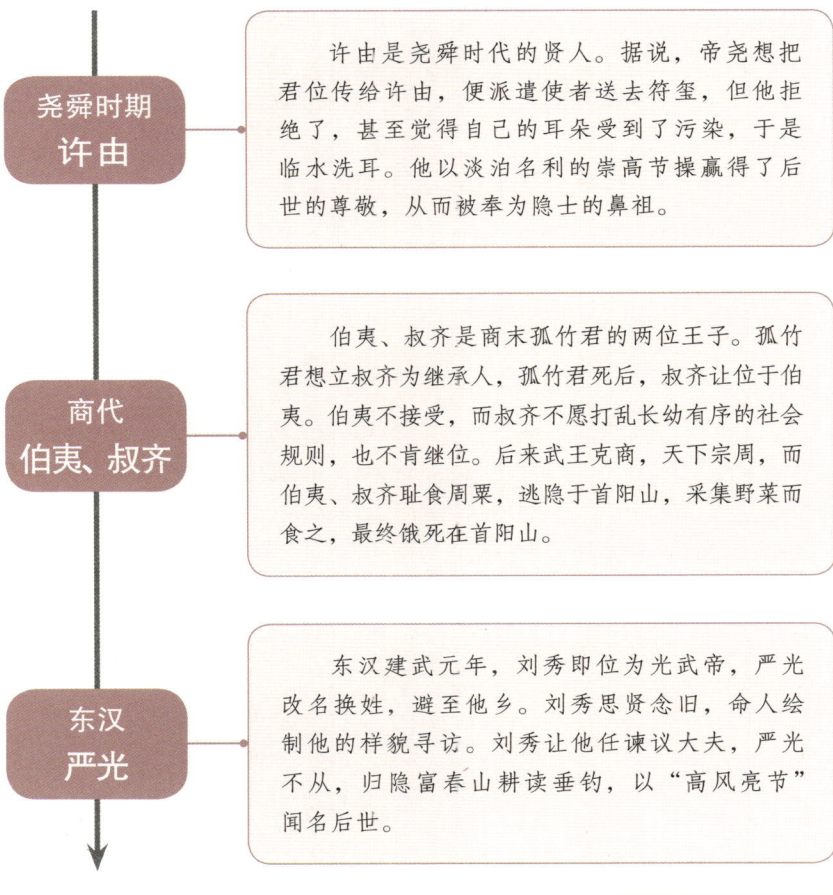

尧舜时期 许由

许由是尧舜时代的贤人。据说，帝尧想把君位传给许由，便派遣使者送去符玺，但他拒绝了，甚至觉得自己的耳朵受到了污染，于是临水洗耳。他以淡泊名利的崇高节操赢得了后世的尊敬，从而被奉为隐士的鼻祖。

商代 伯夷、叔齐

伯夷、叔齐是商末孤竹君的两位王子。孤竹君想立叔齐为继承人，孤竹君死后，叔齐让位于伯夷。伯夷不接受，而叔齐不愿打乱长幼有序的社会规则，也不肯继位。后来武王克商，天下宗周，而伯夷、叔齐耻食周粟，逃隐于首阳山，采集野菜而食之，最终饿死在首阳山。

东汉 严光

东汉建武元年，刘秀即位为光武帝，严光改名换姓，避至他乡。刘秀思贤念旧，命人绘制他的样貌寻访。刘秀让他任谏议大夫，严光不从，归隐富春山耕读垂钓，以"高风亮节"闻名后世。

魏晋时期 竹林七贤

"竹林七贤"是指中国魏晋时期的七位名士，人物有嵇康、阮籍、山涛、向秀、刘伶、王戎及阮咸。他们经常聚集山阳县竹林之下，肆意酣畅，所以被称为"竹林七贤"。他们大都"弃经典而尚老庄，蔑礼法而崇放达"。在政治上，嵇康、阮籍、刘伶对司马氏集团持不合作态度，嵇康因此被杀。山涛、王戎等则先后投靠司马氏，历任高官，成为司马氏的心腹。

东晋 陶渊明

陶渊明，自号五柳先生、靖节先生。他曾任江州祭酒、彭泽县令等，后来辞官，从此归隐田园。他是中国第一位田园诗人，被称为"古今隐逸诗人之宗"。他以《归园田居》《桃花源记》最为有名，"桃花源""世外桃源"甚至成了隐逸生活的象征。

平安末期 西行法师

西行法师，日本平安末期有名的武士、僧侣、歌人，俗名佐藤义清。23岁出家，游历全国，深爱自然。出家前是日本退位天皇"鸟羽院"的御前侍卫。

镰仓时期 鸭长明

鸭长明是镰仓初期日本著名的和歌诗人和随笔作家。他曾受后鸟羽上皇赏识，担任官廷负责选定、创作和歌的官职。遭排挤后遁世出家，隐居在日野外山的"方丈庵"。最为世人熟知的《方丈记》，便是他在方丈庵隐居时的随笔。

日本南北朝时期 吉田兼好

吉田兼好，南北朝时期的日本歌人。吉田兼好曾在朝廷为官，后出家做了僧人，又称兼好法师，精通儒、佛、老庄之学。

1.所处时代政治动荡

　　许由生活在原始社会，伯夷、叔齐生活在商末周初，严光生活在两汉交替时期，竹林七贤生活在魏晋时期，陶渊明生活在东晋末南朝宋初期；日本的西行法师生活在平安末期，鸭长明生活在镰仓初期，而吉田兼好生活在南北朝时期，这些都是时局动荡、人民饱受灾难的时候。

2.对后世的文学、历史、思想等各方面产生了巨大影响

　　许由、伯夷、叔齐的高风亮节为中国后世的文人多赞扬、效仿；而陶渊明、竹林七贤则给后世留下了不少文学作品。陶渊明所勾画的"世外桃源"始终如一地照亮着中国文人的精神世界。鸭长明、兼好法师的《方丈记》《徒然草》是日本随笔文学的代表作品。书中的无常观，引起了日本人民的长久共鸣，被日本人视为万世不易的文化瑰宝。

不同点

1.归隐原因不同

　　中国的隐士归隐的原因大多是因为仕途受挫，以隐求仕，以隐为志等。

　　许由、伯夷、叔齐、严光可以说都是以隐为志，高风亮节。东晋的陶渊明则是因为仕途受挫。而竹林七贤中的山涛、王戎等人则是以隐求仕，最终投靠司马氏。日本隐士则是因为受无常观和佛教观的影响，或者是对现实无能为力。

　　鸭长明、兼好法师都是在"无常观"的影响下，脱离俗世，隐遁山野，从自然山水中追求情趣生活的人。

2.归隐心理不同

　　在中国隐士的潜意识中，虽然归隐，但始终心忧天下。比如陶渊明，他归隐之后仍关心人民疾苦，对劳动人民的贫寒生活的关心，对仕途的黑暗在他的田园诗中多有反映。而日本的隐士则崇尚自然，归隐乡土，闲适练达，不涉政治。

竹林七贤图　狩野秀赖/绘　室町时代　山口县立博物馆/藏

第十九段

正因季节更移，世间方熙熙多趣。

人言："万物情致以秋为上。"此言虽实，然最撩动人心者，却首推春之佳色。鸟鸣声饱含春韵，日光和煦，自墙根小草萌芽始，春意渐浓，霞明玉映。樱花盛开，若不幸为风雨所欺，即匆匆凋零，散落满地。此后绿叶繁茂、满目青翠，勾人惹起春愁遐思。花橘本已负怀旧之名，梅香更令人追怀往事，忆思旧情。山吹①明艳，藤花娇柔，美景所在多有，使人不忍遗忘。

---

① 日本称棣棠花为"山吹"，自古以来即是诗人吟咏的对象。诗人认为山吹花开之时，是山魂苏醒的季节，为大地带来光明的色彩，象征着希望与美好。

人言："灌佛会①、贺茂祭②时，枝头缀满嫩叶，生机益然，清绿凉爽。此乃世间情致与人之爱恋至浓之际。"此言非虚。五月，插菖蒲③辟邪，田间早苗插秧，水鸡声如叩门，件件引人注目。六月，寒门夕颜花④开得正白，四处燃起熏蚊之火，也是一趣。六月祓⑤亦为乐事。

七夕祭⑥极雅。夜渐寒，鸣雁飞来，萩下叶色转黄，收割、晾晒早稻等事相继而至，真可谓农忙秋季。清晨大风劲吹，亦觉有趣。此景《源氏物语》《枕草子》等书早有言及，只是景致虽相同，今时未必不可再述。心间有言而不语，犹腹闷气郁，故信笔漫书，聊以自慰。此不过随手丢弃之物，亦不必示人。

市中繁荣七夕祭
歌川广重／绘　《名所江户百景》　大判锦绘
江户时代　东京国立博物馆／藏

---

① 灌佛会：又称佛诞节、佛生会。相传四月八日是佛祖诞生日，信徒于每年此日举行香水灌沐佛像的法事。
② 贺茂祭：又名葵祭，是京都下野神社与上贺茂神社在阴历四月中酉日举行的祭典。当天所有物品均以葵花装饰。
③ 菖蒲：一种名贵药材，叶子似剑，民间称之为"水剑"，认为它能"斩千邪"。农历五月初五端午节，人们饮菖蒲酒禳毒；还将菖蒲挂于门户上，驱邪避害。
④ 夕颜花：即葫芦花，色白，黄昏盛开，翌朝凋谢。
⑤ 六月祓：每年六月三十日在河边举行的消灾祭神祈祷仪式。
⑥ 七夕祭：中国的七夕传入日本后的祭仪。

冬枯之景，不逊于秋色。汀草散红叶，白霜染晨朝；轻烟缭绕流水，一派清雅。将至年末，人们忙碌置货，也自有一番感触。腊月廿日既过，月不逢时，无可观赏。但空月寒澄，给人清寂之感。御佛名法会①、荷前使②出发等事，皆有趣致且庄重。此时朝廷公事仪礼繁多，又须兼顾迎春事宜，绝非轻易可就。追傩③之后紧临四方拜④，皆大有趣味。大晦日⑤之夜，持松明奔于黑暗中，互相叫嚷叩门，步履飞快，直至夜半。破晓后，寂然声息，唯有旧年余韵萦绕心头，怅然若失。除夕夜本为逝者返魂时，

---

① 御佛名法会：又称佛名忏悔、佛名忏礼。指读诵《佛名经》，称念过去、现在、未来三世诸佛名号，以忏悔并祈求消除前一年罪障的法会。
② 荷前使："荷前"是每年各藩国献给朝廷最初的贡品。朝廷在年末的吉日，派遣使臣将贡物中的头等物品送往皇室陵寝供奉，奉旨行事的使臣称为"荷前使"。
③ 追傩：每年除夕夜举行的传统驱鬼仪式。
④ 四方拜：新年的头一次祭祀，天皇要在元旦天亮前，亲自向神祇、天地四方祷拜，祈求祛除年灾，平安多福。
⑤ 大晦日：即除夕日。每月最后一天在日语里都叫"晦日"，所以最后一个月的最后一天，称为"大晦日"。

徒然草绘卷（第十九段）　海北友雪／绘　江户时代

　　这幅图描绘了季节的变迁。画面中既有太阳又有月亮，以此来象征时间和季节的变换。把元旦时路边门松并排挺立的场景与日出的情景描绘在同一个画面中，强调了历法的循环往复。

然祭魂之俗于京都已湮灭，仅关东有人行之，此亦有情趣事。

　　新年之晨，天朗气清，初看似与昨日景致别无二致，然心境却大为迥异，总有一种珍惜感在怀。京都大路两侧，户户摆放门松，生机勃勃，望之喜气顿生，极有趣味。

第二十段

　　有出家遁世者云："此世羁绊身心之物，于我已荡然无存。唯有节令更移间所生感想，难以舍弃。"此语甚合吾意。

纳凉图屏风 久隅守景/绘　江户时代　东京国立博物馆/藏

　　万事唯赏月最令人感到逸兴益然。古今中外的文人似乎都偏爱赏月，这幅图是久隅守景的代表作。画面中，农夫及其家人沉浸于天色愈将昏暗的情境中，在朦胧的月光下，在葫芦瓜棚下纳凉。本图被认为描绘的是江户时代前期和歌诗人木下长啸子"在葫芦瓜藤攀生的屋檐下，乘凉的男子身着轻薄底衣，女子则腰缠围裙"的诗句。

第二十一段

　　万事唯赏月最令人感到逸兴益然。有人言："再无物比月更富深趣。"另一人争辩道："最富深趣者，当为晨露。"此类争论，颇有况味。只须适时适地，则万物无一不美。

　　月、花不必多言，即便是风，亦足以拂动人心。而岩石清流激荡飞溅，此景更是佳妙。吾曾见诗云："沅湘日夜东流去，不为愁人住少时。"[①]当真是意味深长。嵇康亦言："游山泽，观鱼鸟，心甚乐之。"[②]于人迹罕至、水草丰茂之地，逍遥徜徉，赏心悦事莫过于此。

---

① 出自唐戴叔伦诗《湘南即事》。
② 出自三国魏嵇康《与山巨源绝交书》。

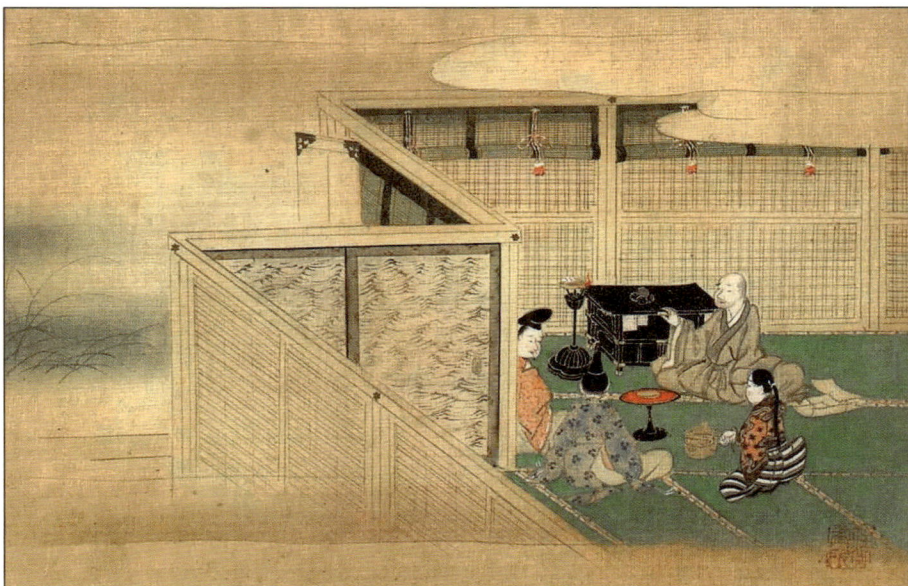

徒然草画帖（第二十二段） 住吉具庆/绘　江户时代

　　万事万物，总以古时令人欣羡，现世均粗浅不值一提，兼好法师这句话体现了他崇古贬今的思想。画面中兼好法师以油灯为例，指出现世用词的乏味。

第二十二段

　　万事万物，总以古时令人欣羡，现世均粗浅不值一提。观古匠人所制木工之精美，即可知古时意趣，非同凡响。

　　文辞典章，昔时篇章即便只余残简，珠玉妙语亦令人心动。而当世却连口语都渐趋乏味。如古语之"车上辕""拨油灯"，今人说作"套车""拨火"；主殿寮有"列队备燎"之说，而今却变成"点亮火把"；最胜讲① 时，天皇听讲之所，称为"御讲庐"，如今略称为"讲庐"。凡深谙古典之老者，闻此莫不长叹。

---

①　最胜讲：朝廷每年五月选择吉日，召请东大寺、兴福寺、延历寺、园城寺僧侣，于宫中清凉殿讲说《金光明最胜王经》，以祈求国家安泰之法会。共五日，朝夕两座，各讲一卷。

第二十三段

当此衰微末世，唯九重①气象，未受俗习侵染，庄肃不失，实乃幸事。

露台②、朝饷③、何殿、何门等，闻其名便觉优雅。原卑下住处所用称谓，如小蔀④、小板敷⑤、高遣户⑥等，若能用于大内，亦颇堪玩味。于诸卿座位处言"阵上设夜灯"⑦，极郑重；于天皇寝殿处言"速掌夜灯"，极优雅。上卿坐于"阵"上理事，其神情自不待言；诸司臣僚得心应手之神采，观来亦饶有趣致。寒夜清冷，众僚席地眠卧，自得其趣。

"内侍所⑧铃声，实在美妙悦耳。"德大寺太政大臣曾如此感叹道。

第二十四段

斋王⑨居野宫⑩之情形，极有雅趣。为避忌"经""佛"等语⑪，遂改称"中子"⑫"染纸"⑬。

诸神社尽皆清雅，令人印象深刻。古树森森，俗世难觅；玉垣⑭围绕，

---

① 九重：皇宫大内。
② 露台：紫宸殿与仁寿殿间以木板所搭露台。
③ 朝饷：清凉殿中天皇日常进膳的地方。
④ 小蔀：清凉殿东南墙壁上的木格小窗。
⑤ 小板敷：清凉殿南面小院铺设木板处。
⑥ 高遣户：可左右开合的隔扇。
⑦ 阵：公卿聚集时的座位。
⑧ 内侍所：即存放三神器之一八咫镜的温明殿，宫中三殿之首。
⑨ 斋王：指在伊势神宫和贺茂神社出任巫女的未婚内亲王，她们代表日本皇室侍奉天照大神。
⑩ 野宫：斋王动身前往伊势神宫前，暂住一年的斋戒之所。位于京都嵯峨野。
⑪ 因信奉神道教，故对佛教用语有所避忌。
⑫ 中子：意为供奉在佛堂正中的佛像。
⑬ 染纸：佛经所用纸多为黄纸，又称染黄纸、黄麻纸，所以用"染纸"指代佛经。
⑭ 玉垣：对神社石质墙垣的敬称。

木棉[1]悬于榊[2]枝上，美不胜收。神社中最富情趣者：伊势、贺茂、春日、平野、住吉、三轮、贵布祢、吉田、大原野、松尾、梅宫。

---

① 木绵：楮树纤维所织的布。

② 榊：日造汉字，意指神社中的常青树。

御苑晓色 山田直三郎/编 《雍府画帖》

时移事易，悲欢离合，京都山间四季井然，春种秋收，夏播冬藏。山中建筑几经变换，昔年华屋美栋而今俱成无人荒野。

第二十五段

飞鸟川激流变化不定，恰如人世之无常。时移事易，悲欢离合，昔年华屋美栋而今俱成无人荒野。即便府宅依旧，也已物是人非。桃李无言，与谁共话往昔？尚有未知主人之遗迹，更似浮云消散。

吾观京极殿、法成寺^①，徒留建者心志，而气象全非。众人竭力营造的御堂殿，捐庄园以充规模，原意自是本族贵为御门摄政、世代权豪，屋宇府宅定当永存不朽。孰料时过境迁，后世竟荒颓至这般凄景？大门、金堂虽存续至近世，但正和（1312—1316）时南门已焚于火劫。此后金堂亦

---

① "京极殿"是关白藤原道长的宅邸。道长 1019 年因病出家，1022 年建成法成寺，晚年居住于此，故有"法成寺摄政""御堂关白"之称。下文的"御堂殿"即指道长。

塌，再未重建，仅无量寿院①残存昔时景况。丈六佛像九尊，巍然并立；行成大纳言②所题堂额、兼行③扉上题字，仍鲜明可见。法华堂虽貌似尚存，几时湮废却是未知。其余基石残址，均难辨识是何殿何堂。

有鉴于此，可知为身后事谋虑，实在虚妄不智。

第二十六段

人心之花，未待风吹已自落。往昔岁月，佳人依依、情意绵绵之语，至今犹难忘怀。可叹别离经年，已形同陌路。生离苦，更甚于死别悲。

是故，有人哀白丝可染诸色；有人逢逵路而悲泣④。《堀河院百首》⑤中有歌云：

昔会伊人墙垣下，今时荒废蒿草生，唯见堇花落寞开。

歌中凄寂之景，想来确实有过。

第二十七段

举行御国让节会⑥时，须移奉剑、玺、内侍所⑦于新皇。思之此事实令人悲凉无限。

---

① 无量寿院：法成寺的阿弥陀堂。
② 行成大纳言：指平安中期朝臣藤原行成（972—1028）。他是日本著名书法家。
③ 兼行：指平安中期书法家源兼行（生卒年不详），官至正四位下大和守。
④ "逵路"是四通八达的大道。这句话典出《淮南子·说林训》："杨子见逵路而哭之，为其可以南可以北；墨子见练丝而泣之，为其可以黄可以黑。"
⑤ 《堀河院百首》全名《堀河院御时百首》，是日本第七十三代堀河天皇命十六名臣僚、歌人各献和歌百首所汇编成的和歌集。
⑥ 御国让节会：天皇传位太子所举行的大典。
⑦ 剑、玺、内侍所：指天丛云剑、八尺琼勾玉、八咫镜。这三神器是日本创世神话中的天照大神，传给天孙的三件传国之宝，是正统天皇的象征，其性质就如中国古代的传国玉玺。

徒然草画帖（第二十七段）　住吉具庆/绘　江户时代

　　主殿寮是日本战国时期负责内里（天皇日常生活之所）的扫除、天皇入浴的准备、管理坐舆的部门。画面中天皇孤寂地站在屋内，看着飘落的樱花。虽然看不到天皇的脸，但凄清寂寥的场面让人感到悲凉无限。

　　新院①退位之春，曾咏歌云：

　　主殿寮役朝新皇，此庭花落无人扫。

　　新朝政务繁忙，群臣埋首其间；上皇院所无人再诣，不免凄清寂寥。此时最能显露人心。

第二十八段

　　再无比谅暗②之年更哀戚的时候了。

---

①　新院：刚退位的上皇，此处指花园上皇。他于文保二年（1318年）春退位。

②　谅暗：亦作"谅阴"，借指居丧，多用于皇帝。

徒然草画帖（第二十九段） 住吉具庆／绘 江户时代

　　画面中，法师在清理旧物，看到故人的手书，感慨良多。同时，这幅画也反映出日本文化的"崇物"。即使是没有生命的"物件"，也会有人将之好好收藏，表现出人与物之间的亲近之情。

　　外观倚庐御所①，地板低下，以苇作帘，以粗布制帽额②。屋中常用器具，一律质朴素简。侍奉诸臣，装束、太刀、平绪③等，均与平素不同，观之肃穆庄重。

第二十九段

　　寂寂静思，万事皆已成故往时光，心中眷恋难舍。

----

① 倚庐御所：天皇为父母服丧时暂住的房子。
② 帽额：帘上端的横布。
③ 平绪：细长腰带。

人定^①后，漫漫长夜无以度，遂顺手清理旧物。竟在欲丢弃的故纸中，见亡友手书，并有随兴所绘丹青，即忆起彼时情形。而健在者之信函，亦已年久日深，回想何年、何月收到，感慨良多。故人往昔所用器具，虽未刻意保护，却也不曾毁损，此刻目视，心间顿生悲凉。

第三十段

世间至悲事，无过于人殁。

中阴^②期内，遗体奉于山寺，场所狭小，不便亲朋故友群集，拥挤纷杂；营办法事，人人心怀戚戚。时光飞逝，转眼到尾日，众人皆闷闷不乐，彼此默然无语。遂各自收拾行囊，四散离去。但归家后，惹人哀伤之事只怕更多。人言："凡丧事，为尚存者计，切勿妄自议论，当慎之又慎。"于哀悼中竟有这等言论，可见人情寡淡。

急景流年，对亡者之思虽不因岁月更迭而消失，但古语云"去者日以疏"^③，心中悲伤，早不如初殁时哀思如潮。甚至于谈及故人往事，已言笑自若。遗骸葬于荒山，只忌日拜扫。墓上卒都婆^④遍生青苔，落叶覆满坟头，访客唯夕风夜月、寥寥亲友而已。

悼念亡人者尚健在，已然如此；若其辞世，仅知祖辈姓名之子孙，又何来哀戚？从此凭吊无人、祭扫绝迹，何乡何氏之墓再无知者。仅得有心人见年年春草而望坟伤情。松柏临风鸣咽，未及千年已摧伐为薪；古墓亦犁为农田。悲哉，坟迹再无迹可寻。

---

① 人定：又名定昏、人静等，相当于夜晚的亥时，人们已安歇入眠。
② 中阴：指人从死亡到再度往生轮回期间（共四十九天）的灵体。此时受生机缘未熟，无所归宿，亡者的灵体如童子之形，叫作"中阴身"。
③ 出自《古诗十九首》第十四："去者日以疏，来者日以亲。"
④ 卒都婆：舍利塔、佛塔的前身。塔的本名在梵文中统称为"卒都婆"，亦称苏都婆、率都婆、窣堵波等。

徒然草画帖（第三十一段） 住吉具庆/绘 江户时代

画面中，清晨落雪，法师坐在屋内，看着朋友的回信。在洁白的雪的映衬下，纸张的美可以充分地展现出来。雪天读信，更添趣致。

第三十一段

清晨落雪，饶有趣致。适逢有事须致书某友，乃援笔去信，信中无片语谈及晨雪。然彼回信却道：“晨雪之事，可有遐思？缘何一笔未提，反尽言俗事？阁下当真风雅欠奉！”此话殊堪玩味。

今时故友已逝，此事虽微，却绝难忘怀。

第三十二段

九月廿日，应某友人之约，结伴同行，良夜赏月。途中友人忽起逸

兴，遂往其红颜知己处拜会。经通传后，友人入内宅，吾则于荒庭中等候。游目四顾，但见露珠晶莹，熏香自然流溢，沁人心脾。此宅远避尘俗，幽趣良多。

　　继而友人出，吾默思此间女主人之优雅风姿，自荫翳处望去，见女主人送客毕，略推妻户①，仰头赏月。她若立即闭门入屋，那便索然无味了。想来此刻她亦不知有人窥视，赏月之雅当出于平素修养。

　　未久，闻此女谢世，惜哉。

―――――――――

① 妻户：正屋屋角的旁门。

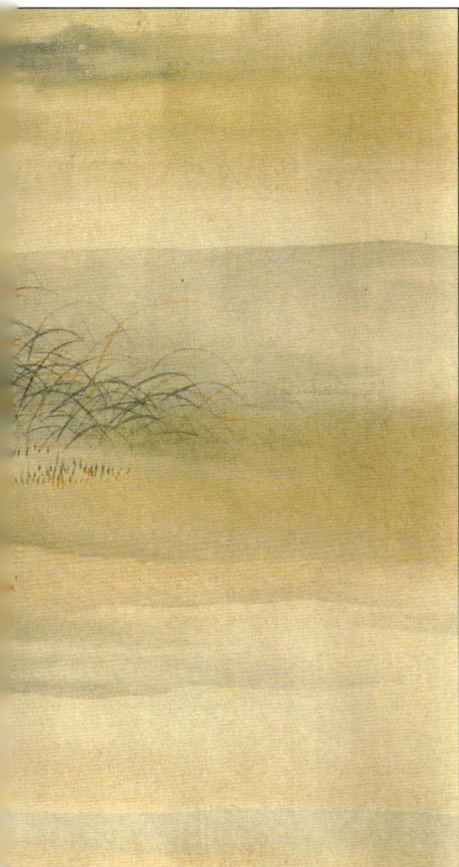

恋人离开之后，女子迟迟不愿关闭门户，
而是恋恋不舍地呆望着弥漫着秋日气息的萧索
庭院和清冷的月光。绘卷通过对这样一位女子
的描绘，传达了恋爱的情趣。

第三十三段

今之大内重建毕，曾命谙熟旧制者查勘，皆论定已无缺误。然临近迁
幸之日，玄辉门院①观览后，道："闲院殿②之栌形穴，与新皇居不同，系

---

① 玄辉门院：左大臣洞院实雄之女，伏见天皇生母。
② 闲院殿：大内皇居之一，原为藤原冬嗣府邸，高仓天皇起成为皇居。

京都的风景　山田直三郎/编　《雍府画帖》

　　兼好法师从没想过写给谁看，所以《徒然草》中既有大的课题，如生死，也有小的细节，如闲院殿的栉形穴，都是随手写来。

圆形且无缘饰。"众人闻之钦服。

　　新建之皇居，削栉形穴为叶形，且附以木边，错矣。遂依旧式改正。

第三十四段

　　甲香①状如法螺贝，但略小，口部细长伸出为壳盖。武藏国金泽浦出产。

---

① 甲香：海螺介壳口圆片状的盖，青黄色，长四五寸，可入药，也可作合香原料。

贝甲图　伊藤若冲／绘　绢本着色　宫内厅三之丸尚藏馆／藏

青色的水流、金色的沙滩，珊瑚、贝类散落在各处，这是伊藤若冲独特的场面设定。

兼好法师心中的人生乐事

兼好法师前半生在宫中为官，交游甚广，人情练达，后半生出家，过着闲云野鹤、清贫简朴的生活。他对人生有着自己独特的感悟，那么他在《徒然草》中都写了哪几件人生乐事呢？

1. 隐居山寺，虔心礼佛

兼好法师最终选择出家，主要是因为隐居、礼佛能让他消除烦恼，净化心灵。他曾说道："隐居山寺，虔心礼佛，不但愁烦俱消，心间浊气亦得洗清。"（第十七段）

2. 读书

"孤灯独坐，批卷品读，古人为友，甚感乐慰。"（第十三段）兼好法师认为《文选》《白氏文集》、老子《道德经》、庄子《南华》各篇，都是很好的作品。"文辞典章，昔时篇章即便只余残简，珠玉妙语亦令人心动。"（第二十二段）

3. 吟咏和歌

兼好法师觉得吟咏和歌是一件很高雅的事，哪怕是山野樵夫、身份卑微者所做的粗鄙的事，经过和歌的吟咏，就有了况味。他说："古歌平易质朴、风姿清丽，更为动人。"（第十四段）

4. 旅行

兼好法师认为，只要是在旅途中，所有的一切都让人觉得有趣。"无论去往何地，只要踏上旅程，便能感到神清气爽。……行旅在外，凡事均觉有趣。乃至土人所携器具，观之亦大感精巧。而才艺超群、姿容高雅者，此际看来更出众于平时。"（第十五段）在古代，交通、信息不便，如果刚好遇到赴京的人，可以拜托他们捎信回去，也是很有趣的事情。

5. 与志同道合者悠然闲话

"与志同道合者悠然闲话，吟风诵月也好，谈论琐事也罢，均能真心相对，毫无隔阂。彼此言语互慰，实乃一大乐事。"（第十二段）

6. 欣赏四时之景

春景惹人愁思。"人言：'万物情致以秋为上。'此言虽实，然最撩动人心者，却首推春之佳色。"后面又提到"花橘本已负怀旧之名，梅香更令人追怀往事，忆思旧情。"（第十九段）

夏季佛会、民俗极雅。"灌佛会、贺茂祭时，枝头缀满嫩叶，生机盎然，清绿凉爽。此乃世间情致与人之爱恋至浓之际。五月，插菖蒲辟邪，田间早苗插秧，水鸡声如叩门，件件引人注目。六月，寒门夕颜花开得正白，四处燃起熏蚊之火，也是一趣。六月袚亦为乐事。""七夕祭极雅。"（第十九段）

秋季收获的景象。"夜渐寒，鸣雁飞来，萩下叶色转黄，收割、晾晒早稻等事相继而至，真可谓农忙秋季。"（第十九段）

冬季新旧交替，热闹非凡。"汀草散红叶，白霜染晨朝；轻烟缭绕流水，一派清雅。""御佛名法会、荷前使出发等事，皆有趣致且庄重。"（第十九段）

兼好法师认为万事万物，只要适时适地，则无一物不美。"月、花不必多言，即便是风，亦足以拂动人心。丙岩石清流激荡飞溅，此景更是佳妙。"（第二十一段）"清晨落雪，饶有趣致。"（第三十一段）

徒然草绘卷（第三十五段） 海北友雪/绘　江户时代

　　图中描绘了代笔之人为请求之人代笔书信的场景。书信还是亲笔书写才能更好地将自己的心情传达给对方。选择代笔，即便字迹有改善，书信的内容也不会随之升华。

第三十五段

　　书法不佳者，不可沮丧，应鼓起勇气纵笔题字，勤加练习；自叹书法拙劣而请人代笔者，反令人嫌厌。

"这样的内容，应该不会让他觉得有负担吧。"体贴心上人的女子这样想着。她的表情那么温柔可人。庭院前面，收到书信的男子火速派男仆登门拜访。

第三十六段

某君曾有一语，吾闻之同感："久未探访相爱女子，其心中怨恨恐深。正自省怠慢，无言可解时，彼女却来信道：'遣仆男来即可。'如此善解人意，着实令人欣慰。女子能有这般心胸，至为可人。"

第三十七段

朝夕相处之密友，忽转客套，言行拘谨，必有人说既已相熟，何必故作矜持？然亦有人云，此举甚为得体，相交理应敬让。

与此相反，平素并不相熟者，突然隔阂尽无，当系彼此品行相吸，故得融洽，令人神往。

徒然草绘卷（第三十七段） 海北友雪/绘 江户时代

图中描绘了一位男子的背影。这个男子穿着镰仓时代武士的正装，双手触地，俯首跪拜。大概因为男子的行为出人意料，身倚柱子、悠哉放松的人也不禁回头。图中法师也一副不知所措的样子，仿佛在说"您太郑重了"。

第三十八段

名缰利锁，一生不得闲，碌碌劳苦，实大愚至蠢之事！

聚财日多，而疏忽修身，则财货便成贾害招累①之媒。纵然"身后堆金拄北斗"②，不过徒留惶惑予后人。令俗人眉开眼笑之愉悦，俱为徒劳。豪车肥马金玉饰，于智者观来，可鄙可厌。"弃金于山，投玉于渊"③方为正道。利欲熏心者，愚不可及。

人皆愿名存不朽，永世流传。然位高权重者，未必可称英杰。有愚顽

---

① 引自西晋张华《鹪鹩赋》："不怀宝以贾害，不饰表以招累。"
② 引自白居易诗《劝酒》："身后堆金拄北斗，不如生前一樽酒。"
③ 典出汉班固《东都赋》："捐金于山，沉珠于渊。"

　　河边树荫下，一位道士悠然静坐。童子站在他身旁，手中拿着一个圆形的东西，好像是珠玉。兼好说："豪华牛车、高头大马何足炫耀，不过是无益之物。黄金应弃于山野，宝珠应投入深渊。"

　　之辈，只因出身名门望族，借时运得登庙堂，享富贵豪奢。反之，高贤大智，却居贱职、守卑位，终生不遇者，亦大有人在。痴求高位之人，其愚仅次于逐利者。

　　又有欲借智慧德行留名后世者，然熟思之，既爱名誉，必喜人传颂。而赞誉者、诋毁者，均不得长存在世。传名之人，亦将离世。如此，又希冀谁来耻我、知我？誉乃谤之源，身后名着实无益；执念追逐，比及求高位者更劣。

　　就一意求贤求慧者而言，"慧智出，有大伪"[1]，有才能不过徒增烦恼罢了。无论经人传授而学，抑或自行勤习而学，皆不能得真知。何为真知？可不可？道通为一！[2]何为善？真人无智、无德、无功、无名。无人知，则无人传其名。此非真人有意藏德守愚，而是其早已超然于贤愚得失之外。

　　以迷妄之心逐浮世名利者，大抵如以上所述，万事皆非，不足道亦无须怨也！

---

①　典出老子《道德经》第十八章："慧智出，有大伪。"
②　典出《庄子·内篇·齐物论第二》："可乎可，不可乎不可……道通为一。"

徒然草绘卷（第三十九段）　海北友雪／绘　江户时代

　　画面中穿着袈裟端坐的人应该是法然上人。法然上人是日本净土宗宗祖，净土法门受到僧俗群众的广泛崇奉。

第三十九段

　　有人问法然上人①："念佛时常觉倦意袭人，乃修行大碍。此障何以祛除？"上人答曰："请于清醒时念佛。"此诚妙语。

　　又云："往生事，信则一定，不信则难定。"亦妙语。

　　又云："虽有犹疑，坚持念佛仍能往生。"妙语也！

----

① 法然上人（1133—1212）：日本净土宗宗祖，又称法然坊源空、黑谷上人。

徒然草画帖（第四十段）　住吉具庆／绘　江户时代
　　画面描绘了父亲婉拒求亲者的场景。

第四十段

　　因幡国某入道①有女，貌美如花，求亲者络绎不绝。可惜此女只食栗，不进谷米。其父婉拒求亲者道："吾女非凡类，难予婚嫁。"

———————————

① 官阶在三位以上的官员出家，尊称为"入道"。

第四十一段

　　五月五日，观贺茂神社赛马，所乘牛车前，杂人纷立，难以观览，遂各自落车，欲近马场围栏处。无奈彼处更是人满为患，甚难挤入。

　　此时，忽见围栏对侧楝树上，有一法师攀坐树杈间，以手扶枝，酣然入梦。及至将坠时，却又能立即惊醒，再三反复。人丛中有见者，讽刺道："当真愚不可及。如此危枝，竟敢安眠？"吾闻此语，心有所动，脱口

兼好法师是一个彻彻底底的室内派，沉醉于读书。但是，此时他却难得与俗世中不曾有过交集的人们交流着。画作描绘了不同身份、不同年龄的人，场面很热闹。牛车之间，手指前方的法师应该就是兼好。

道："我等死期又焉知不在眼前，却忘此而悠然观赛，岂非愚过法师？"立吾面前众人，皆回顾颔首，云："诚如阁下所言，我等所为实愚也。"遂侧身让路，连声道："请入。"吾因此得进。

　　这番浅理，人人尽知，只是于机缘恰当时说出，令人闻之惊如霹雳，故能心生震颤。人非木石，岂能触景而无感！

西行庵春雨　山田直三郎 / 编　《雍府画帖》

　　一场春雨之后，庭中落花无数，这幅图描绘了草庵附近的春色，令人驻足。

第四十二段

　　唐桥中将之子行雅僧都，乃教相①师范之僧，素患上气②顽疾，年迈后，鼻内堵塞，难以呼吸。千方百计求医问药，仍不能愈，反渐趋沉重。

---

① 密宗对各种教理组织、教义解学、义理深浅等，加以研究、解释，称为"教相"。
② 上气：病症名，即肺气上逆。

目、眉、额肿胀不堪，遮覆颜面，不能视物，状如"二之舞"①面具，丑恶难辨。目在顶旁，鼻在额中，宛似鬼面。为此，其长年谢客，于寺中闭门不出。后病势日重，终告亡故。

世上竟有这般恶疾！

第四十三段

暮春之际，晴空万里，途经某大户人家，见庭院幽邃，古树苍苍，庭中落花无数，令人不忍离去。遂步入探视，但见南面窗格俱已放落，四下寂然，唯东向妻户半开。自帘缝处内望，一男子面容清秀，年约二十，神情闲适，仪态静雅，正于案前展卷阅览。

此何人乎？吾欲识之。

第四十四段

自简陋竹门中，一少年乘月色而出，月光下虽身影朦胧，但狩衣②鲜明，指贯③浓紫，一望可知地位非凡。其身后紧随俊秀小童一名，二人穿行于田间小径，任路旁稻叶露珠沾湿衣襟，直向远方。少年一面行，一面吹笛，笛声悠扬，言词难述其妙。只是乡野鄙陋，恐知音难觅。吾欲知此

---

① 二之舞：一种模仿安摩舞的男女二人舞，女方戴着肿面面具。
② 狩衣：即猎衣，以麻布制成，为武家独创，用于野外狩猎时穿着。为方便起见，衣袖与衣体未完全缝合。
③ 指贯：又称狩袴、奴袴，由六幅布做成，前四幅、后两幅。特征是肥大的裤管在踝部束起，看起来像灯笼。

少年去向，遂尾随其后。少顷，笛声止歇，彼径入一山寺惣门①。门内有牛车架于车榻②上，较之京中大车更为抢眼。吾问寺中下人，答曰："皇族贵人至，料今夜有佛事。"

望眼寺内，众法师已齐集御堂，寒夜之风吹送薰香，弥漫四周，沁人心脾。女官们快步如风，来往于寝殿至御堂走廊。这般举动，即便此寺位处山中，亦颇为惹人注目。

秋野上草木繁茂，尽情生长。露珠流动，虫声如泣；庭中水音潺潺，浮云飘动仿佛越过京都，月之阴晴更是难定。

第四十五段

听闻公世二位③之兄良觉僧正④，性情急躁。其所居僧房旁，有大榎树，故而人送其绰号曰"榎树僧正"。僧正以此号不雅，遂伐榎树，仅余树根。谁知人又称其为"树根僧正"。僧正愈怒，掘出并抛弃树根，余一大坑。众人遂戏称其为"树坑僧正"。

第四十六段

柳原附近有一僧，号"强盗法印"⑤。盖因其常遇强盗，故有此名。

---

① 惣门：正门。
② 车榻：卸下牛车后，支撑车辕的脚架台。
③ 公世二位：指镰仓时代公卿藤原公世，官至从二位。
④ 僧正：又称僧主，古代管理佛教事务的僧官之一。
⑤ 法印：古日本僧官体系中的最上阶。僧官三位阶依次是法印、法眼、法桥。

徒然草绘卷（第四十五段） 海北友雪/绘 江户时代

画面的中央，良觉僧正正在指挥人们伐树。此时他被人们称为"榎树僧正"。持锯的人正在拼尽全力锯树：他不是光着一只臂膀，而是赤膊上阵，全力以赴。由此可见，这棵榎树粗壮，砍掉着实可惜。

徒然草绘卷（第四十六段） 海北友雪/绘 江户时代

这幅图描绘了一伙盗贼气势汹汹地闯进法印和尚家中。强盗们手持松明，可见这是发生在夜间的犯罪行为。法印和尚在画面的左下方，他被强盗的利刃所胁迫，缩成一团。"强盗法印"的绰号也随之传开，真是祸不单行。

平等院霁色　山田直三郎 / 编　《雍府画帖》

在日本，寺院是体现仪式和神圣感的典型场所。寺院吸引着无数虔诚的人驻足。在景色如画的寺院，很多人的心灵会得到净化。

第四十七段

某人参拜清水寺，途中遇一老尼，遂同行。老尼一面走，一面自语道："くさめ、くさめ……"① 那人感觉奇怪，便问道："尼御前②，您所念何事？"老尼却不答，只管喃喃诵念。那人一再追问，老尼微怒，答曰："人打喷嚏时，若不反复诵念此语，便会死去。贫尼有一养君③，寄于比叡山④受教，想来此刻正欲嚏鼻，故而不断诵念。"

善心若此，实为难得。

---

① くさめ："嚏"的变化语。

② 尼御前：对比丘尼的尊称。"御前"原意"尊前"，日本古代对有地位的女性的敬语。

③ 养君：以乳娘身份所抚养的贵族子息。

④ 比叡山：别称天台山，简称北岭、叡山等，是日本天台宗山门派的总本山。

延历寺晚秋　山田直三郎／编　《雍府画帖》

　　清水寺是京都最古老的寺院。延历寺，又叫比叡寺，深受桓武、嵯峨等历代天皇的尊崇。金阁寺、清水寺、延历寺等是京都最有名的几大寺院。

第四十八段

　　光亲卿①奉行②上皇最胜讲时，曾蒙御前恩召，赐予御膳。食毕，杯盘狼藉，随手将冲重③推入御帘中而退。女官见之，议道："竟如此污秽杂乱，不知是谁所食？"上皇听闻，叹息曰："身负职司，匆忙无暇，自当是如此吃相。"光亲颇受感动。

----

① 光亲卿：指镰仓初期公卿藤原光亲（1176—1221），任权中纳言。后因反对镰仓幕府，被幕府捕杀。
② 奉行：具体督办某事务。
③ 冲重：装食具的桧木小箱。

第四十九段

　　"莫待老来始修道，古坟多是少年人。"突染恶疾，命不长久，即将弃世之际，方顿悟往昔种种过失。本应速办之事，却缓行；本应缓行俗务，却急办。可叹临死方明，悔之何及？

　　人应时时谨记，无常迫身，死期日近。若如此，则今世浊念皆淡，一心勤于佛道。

昔时有一圣僧，每逢人问自他^①要事时，便答云："今有火急之事^②，非朝即夕！"言毕掩耳念佛，遂得往生。此事详见禅林之《十因》中^③。又有心戒圣僧，参透世道无常，故从未静坐而始终蹲踞。^④

————————

① 自他：自己与他人的简称，多用于佛学，指一切有情众生。
② 佛家的"火急之事"，指生死大事。
③ 《十因》：由禅林寺永观律僧所著的《往生十因》。
④ 据《一言芳谈》："心戒上人常蹲踞，人问其故，答曰三界六道无可安坐处故。"

第五十段

应长^①年间，道路传言，有人自伊势国携女鬼进京。此后二十余日，京都至白川之人，日日言外出观鬼，却毫无头绪。"昨日往西园寺""今日似赴上皇御所""此刻好像又在某处"，众说纷纭，实则无一人亲眼所见，也无人直斥其谬，上下人等莫不热衷鬼事。

彼时，吾恰自东山往安居院附近，眼见四条大道众人皆指北而奔，口中喧哗，称鬼在一条、室町。而今出川放眼望去，上皇御栈敷^②周边人潮涌动，挤得水泄不通。吾感空穴来风未必无因，遂遣人查看，却无人真正遇鬼。至日暮，人群仍拥挤不散，互相吵嚷，甚至扭打争斗。

后两三日间，彼处得病者甚众，人言妄传鬼事乃疾病之先兆。

第五十一段

龟山殿御池拟引大井川之水，遂命大井居民兴造水车。居民得赐金甚多，数日后水车造出，却不能转。屡屡调试均徒劳无功，只得闲置。

后，又召宇治^③乡民造水车。须臾立就，运转灵便。汲水入池，大功告成。

凡事能深谙其道，即是可贵人才。

---

① 应长：日本第95代花园天皇的年号，1311—1312年。
② 御栈敷：为上皇观览贺茂祭而用木板搭成的高出地面的看台。
③ 宇治：在本州中西部，临宇治川，当地人擅长制造水车。

百鬼夜行绘卷（局部） 土佐光信 / 绘　大德寺真珠庵 / 藏

　　日本拥有这个世界上独一无二的鬼怪文化，他们喜欢怪谈，创作了各种各样的妖怪形象。

隐田水车 葛饰北斋 / 绘　《富岳三十六景》 1832 年版

　　水车又称孔明车，是中国最古老的农业灌溉工具，后来传至日本。

石清水八幡宫位于男山。从京都看去，男山位于西南方，与东北方的比叡山一起被当作守护都城的灵地。连这个事实都不知道，仁和寺老僧可谓滑稽至极。画面中，把老僧的滑稽形象表现得淋漓尽致。

第五十二段

仁和寺有一法师，年已垂暮，尚不曾拜谒石清水①，为此常耿耿于怀。某次，其孤身启程，徒步往诣。参拜过极乐寺、高良神社等处后，心满意足，踏上归途。

---

① 石清水：石清水八幡宫的简称。

　　回寺后，向众友人诉说道："平生宿愿，而今终于了却。当真是闻名不如见面。只是不知为何参拜者皆登山顶。贫僧原亦打算登山一观，但思及此行目的乃为拜神，故未登临即返。"

　　可见即便细微事，亦须有向导指引。

第五十三段

此段故事亦与仁和寺法师有关。寺中有一小童，将赴别寺为法师，众僧设宴饯行。席间法师纷纷献艺助兴，童法师亦乘醉意，取身旁三足鼎戴于头上。孰知鼻头把鼎卡住，难以箍下，遂强摁鼻头，使头入鼎。而后即席起舞，满座俱兴高采烈。

舞毕，欲脱鼎出头，却无法除下。酒宴之兴顿冷，举座皆惊，人人手足无措。众僧竭力旋拔，不能奏效。童法师颈周肿胀流血，呼吸艰难。又欲敲碎此鼎，然鼎碎实在不易，敲击之音人耳亦难承受。百思无计，只得以帷遮于三足鼎上，令童法师以手扶杖，由人牵引，往京都医师处求治。途中行人目睹，无不惊骇。至医师宅，相向而坐，情形甚怪。鼎内发声，嗡嗡震荡，含糊不清，外人闻之难明。医师道："此症医书未载，师父亦未授吾治法，实在无能为力。"众僧无奈，折返仁和寺。童法师亲眷及老母悲泣哀叹于枕前，当事者却两耳不闻。

眼见形势危殆，有人建议道："与其性命不保，不如舍弃耳鼻，强行除

徒然草绘卷（第五十三段） 海北友雪／绘 江户时代

　　画面描绘了两个发生于不同时间段的场景：一个是在宴会中想要取悦大家将鼎套在头上的法师；另一个是用帷子把看起来像犄角一样的鼎足遮起来，偷偷摸摸跑去看医生的法师。画师采用了"异时同图法"的手法，将事件的来龙去脉巧妙地表达出来。

　　鼎，此外别无他法。"遂将藁草垫于颈周，隔开鼎脖，使尽全力，几乎拽断头颅，终于除去三足鼎，但耳鼻皆已磨废。此后童法师卧床将息良久，总算保住一命。

徒然草绘卷（第五十四段） 海北友雪/绘　江户时代

　　法师们已经到达了野餐的地方。食盒就藏在红叶之下。"哎呀，真是太累了。""谁把红叶点燃温一壶酒就再好不过啦！""不然我试着祈祷一下？"法师们装模作样，上演着各种闹剧。然而在画面的左上方，盗贼们已经袭来……

第五十四段

　　御室①有小童姿容秀美，众法师欲诱其出游，遂结交寺中擅乐游僧，

---

①　御室：即仁和寺。因日本第 59 代宇多天皇让位后，在此寺居住，故称"御室"。

又特制风雅破笼①，置于箱中，埋入双冈适当之处，再以散落红叶遮掩。随后作若无其事状，归返御所②，诱小童出游。

诸人于各处尽情游玩后，至昔时埋箱处，并肩坐青苔地上，互语道："久游疲乏，此刻若烧红叶③，岂不快哉！""倘有祈祷灵验者，还请试求神佛。"立时即有法师面向埋箱之地，手捻数珠，装模作样，以手掌做出种种结印④，而后拨开树叶，然所埋之物竟不知去向！众僧疑心记错埋处，遂在山中四处挖掘，仍无所获。想来定是埋箱时，遭人窥视，趁众人归返御所后盗去。众法师先是默然无言，继而互相指责，满腹怒火，悻悻而回。

原本兴味盎然之事，最终却弄巧成拙，败兴而归。

---

① 破笼：内有隔层的食盒。
② 仁和寺作为真言宗御室派总寺，宇多天皇和历代法亲王均在此出家，所以也可称"御所"。
③ 白居易诗《送王十八归山寄题仙游寺》："林间暖酒烧红叶，石上题诗扫绿苔。"这里众僧故意提到烧红叶，打算借此典故，引出埋在地下，放置美酒佳肴的食盒。
④ 结印：通过两手十指相互屈伸，结成不同的形状，并配合意念形成的密宗修法。手印的种类数以千记，每种都有特殊的含义和作用。

第五十五段

造屋时，应考虑适合夏日居住。冬日随处可居，炎夏却酷热难耐。若住所不合，则不堪暑气之苦。

深水难有清凉；浅流涓涓，凉意悠长。欲观微物，则遣户^① 之屋较蔀^② 之屋敞亮。天花板过高，则冬寒而灯暗。人言："造作^③ 于空白之处，既赏心悦目，又平添诸般实用。"

第五十六段

故友久别重逢，立即推心置腹，尽述己事，易惹对方不悦。即便亲密挚友，若长久别离，亦会有所隔阂。品劣者外出偶遇趣事，

---

① 遣户：又弓引户，可左右拉动的门。
② 蔀：一种背面有木板的格子窗，上半部可支起。
③ 造作：装饰、设置。

归来即气不稍喘，喋喋不休。有教养者言语从容不迫，同席之人虽多，也仅向一人叙述，他人自然聆听。无教养者则热衷混迹人群，向众人滔滔不绝，夸夸其谈，引来喧哗哄笑，噪音扰人。有人述说趣事，听者却无感；有人所述甚是无味，却令人捧腹。品位高下据此可知。

品评他人风姿容貌及学识深浅，若以己身相较，难免失准。

第五十七段

有评论和歌者，言歌中拙劣之作，系因作者潦倒之故。谬矣。略通歌道者，皆知和歌优劣不可依此评断。

凡事一知半解，却夸夸其谈，品头论足，必令听者闻之生厌。

第五十八段

人言："心存道心^①，则处处皆可为家。即使在家修道，与俗人交，求来生之安乐，亦非难事。"言此语者，于来生实是懵懂不知。倘已觉悟浮生虚幻，必欲超脱生死，又何来心思朝夕侍君，操劳持家？外缘^②牵扯，心浮气躁，大道难行。

论及器量，古人远胜今人。入遁山林，若无可供饱食御寒之所，万难久居，故不免偶尔心恋俗世。有人便据此质疑："既难忍遁世之苦，当初又何必弃离红尘？"此言大谬！遁世入道者，纵然心中俗念未消，也绝不似

徒然草（全译彩插珍藏版）

---

① 道心：皈依信佛之心。
② 外缘：外在的环境。

兔道朝暾图 青木木米／绘　纸本淡彩　江户时代　东京国立博物馆／藏

　　画面中央一笔蓝色描绘出宇治川的水流，右边为平等院凤凰堂，左边是宇治桥。中央隐约可见的山脉是朝日山。

权贵那般欲求不满。但得纸衾、麻衣、一钵食、藜羹^①等，于施舍者而言，花费极少。所求易得，心满意足。即便别有奢欲，亦能自重身份，所思多为疏恶近善之事。

　　人生到底，遁世修道为最佳出路。若一味沉溺世俗名利，而不虔心菩提^②，则无异于畜类！

---

①　藜羹：用藜菜做的羹，泛指粗劣的食物。

②　菩提：为梵语音译。意为觉悟、智慧，用以指人豁然得入彻悟途径，顿悟真理。

第五十九段

常思以入道修行、得证菩提为大事者，纵有万千俗事萦绕心头，亦当即行舍弃。或有人想："待此事办完之后。""彼事立即便能完成。""尚有某事，若不做完，恐遭人嘲，且拖累将来，还是先妥善处理。""经年累月奔波俗务，这点小事费时不多，且从容办完再说，无须火急火燎。"倘作如是观，则不可避之事永无穷尽，成大事日遥遥无期。遍观天下，凡有道心者，大多受此类想法延误，终致虚度一生。

火已及身，大难临头，岂有稍待之理？欲脱大难者，必要抛耻舍财，跂步飞逃。浮生匆匆，时不我待。无常迫近，比水火更速，逃避更难。届时老亲、幼子，君恩、人情，虽难舍亦不得不舍！

第六十段

真乘院盛亲僧都，年高德劭，乃有名智者。其性嗜芋，且食量大，即便身在法座，亦要置大钵于膝，盛芋如小山，一面食，一面讲解佛典。遇身体有恙时，以七日、二七日为限，自闭室内，择上好芋头，快意而食，以此疗疾，尽愈。但其芋从未予他人，仅己独食。僧都甚清贫，老住持临终时，赠其钱二百贯、僧房一处。其变卖僧房，得钱百贯，并入二百贯，共计三万疋^①，寄存京都某人处，预定为购芋款。每回取价值十贯芋头，尽

---

① 一贯合一千文，十文为一疋。三百贯共合三万疋。

徒然草绘卷（第五十九段） 海北友雪／绘 江户时代

　　图中一个人一边穿衣服，一边从着火的房子中拼命逃出来。此时逃命的人不会说出"让我再等等吧"这样的话。人的生命有限，从来不会等待人们的愿望实现。

情饱食。此款别无他用，俱耗于购芋。人皆言："清贫之身而得三百贯巨资，却尽费于食芋，诚世间稀有之有道心者！"

　　此僧都偶见一法师，为法师起一绰号"白瓜"。旁人问曰："此名何意？"僧都答："吾亦不知。若真有其物，当酷似法师之脸。"

　　此僧都仪表不凡，力大，多食，博学，书法佳，善论辩，样样出类拔

东都浅草本愿寺　葛饰北斋/绘　《富岳三十六景》　1832 年
浅草寺是东京都内最古老的寺庙。

萃，堪称本宗法灯^①，阖寺僧众莫不敬仰。其不拘俗礼，万事率性而为，绝不趋附人意。每逢出仕^②飨膳之时，不待同席饭食齐备，但凡面前有膳，即行起箸。欲离席，则径直离去。无论正时、非时^③，皆不随他人准时用膳；思食时，不理夜半、黎明，立刻便食。倦意袭来时，白昼闭门酣睡，任他何等大事，一律充耳不闻。醒来后，又数夜目不交睫，静心吟咏，独步啸游，种种举止俱非常态。然世人不但无所非议，反赞叹推许，盖因其德厚流光之故。

① 法灯：佛教语，比喻能照破世间迷暗的佛法。此处指一宗的引领者。
② 出仕：做法事。
③ "非时食"戒是佛教基本的戒律之一，出家人只能在太阳升到正中天时（正时）吃一餐，称为"日中一食"；正午以后、天亮以前（非时）不能进食，称为"过午不食"。

贺茂春色 山田直三郎／编 《雍府画帖》

贺茂神社是被列入世界文化遗产名录的神社，是举行传统神事活动最多的地方。贺茂神社还进行京都三大祭礼之一的葵祭等各和祭礼和祭事，成为了京都祭礼的舞台。

第六十一段

御产①之时，有落甑②之习，本非必要。其原系胞衣③难下时所用规法；若胞衣即落，便无须此法。

此习源自下层，并无医学根据。所用之甑取自大原里。古宝库中绘画，载有庶民产子时落甑之事。

---

① 御产：皇后生皇子。
② "甑"是古代蒸饭的一种瓦器，底部有透蒸气的孔格，置于鬲上蒸煮，如同现代的蒸锅。中宫御产时，照规矩，要把一个甑从大殿的屋脊上滚下去。若是皇子诞生，则从南面滚落；皇女诞生，则从北面滚落。
③ 胞衣：又称"胎衣"，即胎盘，包于胎儿体表的一层膜。

徒然草画帖（第六十二段） 住吉具庆 / 绘　江户时代

左边第二个为延政门院。延政门院为后嵯峨皇女、母西园寺公经女公子。

第六十二段

延政门院①幼年时，曾作歌一首，委托前往院所参见的大臣，转致父皇，歌云：

ふたつ文字牛の角文字直ぐな文字

ゆがみ文字とぞ君はおぼゆる②

歌意为：想念父皇。

---

① 延政门院：1259—1332 年，指后嵯峨天皇第二皇女悦子内亲王。

② 此处属于日文中的文字游戏，"ふたつ文字"为假名"こ"；"牛の角文字"为假名"い"；"直ぐな文字"为假名"し"；"ゆがみ文字"为假名"く"；连读变成"こいしくとぞ君はおぼゆる"，意为想念父皇。

深川万年桥下　葛饰北斋/绘　《富岳三十六景》　1832 年

第六十三段

　　后七日[①]时，阿阇梨[②]召集众武士警卫，乃因往昔有盗匪袭人。但宿直人[③]却因此小题大作，劳师动众。一年吉凶之相，由年初修法会中便能看出。法事中用兵，很是不妥。

---

① 后七日：指后七日御修法。由空海大师创立，是真言宗最大的法会。从正月初八算起的七日间，在宫中真言院举行修法，祈祝国家太平、五谷丰登。
② 阿阇梨：又称阿奢黎、阿舍梨等，意为师范、规范师、正行，指匡正弟子行为，堪为师范的高僧。
③ 宿直人：宫中值宿的警卫。

狩野山乐车争图屏风 狩野山乐 纸本着色 江户时代 东京国立博物馆/藏

　　在江户时代，牛车是贵族才有的。狩野山乐这幅作品继承了狩野永德金碧辉煌的华丽气派，笔锋雄浑有力度，画面美丽而富于装饰性。

第六十四段

　　人言：有资格乘五绪车^①者，未必须凭本人官位。只须有族人官至高位，便可乘坐。

---

① 五绪车：挂有五绪帘的牛车。

第六十五段

人言：近年之冠远较昔时为高，故存有古式冠桶①者，须将桶缘加高，方能今用。

第六十六段

冈本关白殿②欲将双鸟点缀于盛开红梅枝上，进呈大内。遂命御鹰饲③下毛野武胜照办。武胜回禀："小人实不知如何将鸟点缀于红梅枝上，一枝二鸟之事亦前所未闻。"关白殿向膳部④役人及周遭众人询问后，又命武胜道："既如此，随尔心意，任意为之吧！"武胜遂以单鸟缀于无花梅枝上，进呈大内。

武胜释云："杂树枝、含苞待放之梅枝、花落凋零之梅枝，皆可以鸟点缀其上。五叶松枝亦可缀鸟。枝长七尺或六尺，切口处用返刀五分，树枝正中缀鸟。有树枝用于缚鸟，有树枝用于鸟踏。又取未断裂之青葛藤，自两端将鸟身固定。藤末端比照燧羽⑤长度剪开，并弯成牛角形。初雪之晨，将缀有鸟儿之树枝置于肩上，由中门恭敬呈上。循大砌石⑥行走，则足迹不留于雪地。再拔鸟尾数翎，散于雪上，而后将树枝倚于二栋御所高栏边。若得赏赐，承之在肩，拜谢而退。虽系初雪，倘雪深不及埋靴，则不往参见。拔鸟尾翎羽于雪上，乃因鹰捕鸟时，常以爪攫鸟腰，可表此鸟系

---

① 冠桶：安放冠帽的箱盒。
② 冈本关白殿：指左大臣近卫家平，1313—1315 年间担任关白。
③ 御鹰饲：藏人所中专门负责饲鹰狩猎的役人。
④ 膳部：古官署名，掌祭器、酒膳及藏冰等事。
⑤ 燧羽：似打火石的羽翼。
⑥ 大砌石：轩下承雨之地所铺设的石板。

梅花双雀图 马麟/绘　绢本设色　南宋　东京国立博物馆/藏

画上描绘暖和的午后，梅花盛开，两只鸟儿立在枝头似在窃窃私语。

宫中饲鹰所捕。

花盛之梅枝不以缀鸟，所为何故？长月①之际，有人缀雉于人造梅枝，并附歌一首云："为君折花不论时。"事载于《伊势物语》。难道人造之花无妨？

_____

① 长月：阴历九月。

徒然草画帖（第六十七段） 住吉具庆/绘　江户时代

　　在日本一直都有"万物皆可神化"的独特观念，不管是没有生命的物品，还是有生命的动植物，哪怕是著名歌人都会受到祭祀。图为法师向神社的神官求教业平、实方神社的情景。

第六十七段

　　贺茂所属岩本、桥本两社，分祀业平^①、实方^②，然世人常混淆二者。某年吾往参拜，恰有一老宫司^③路过，便唤住求教。老宫司甚为有礼，答道："祭实方之社映于御手洗^④清流上，桥本社距水流更近。吉水和尚有歌云：

---

① 业平：指平安初期著名歌人在原业平（825—880），居"六歌仙"之首，才华横溢，风流倜傥。
② 实方：指三十六歌仙之一的藤原实方（？—998），通称藤中将，以诗才见宠于皇室，风流才子之名遍于天下，传说他就是《源氏物语》主人公光源氏的原型。
③ 宫司：神社中的神官。
④ 御手洗：在寺庙神社前，为信众在祷告前漱口和洗手而准备的石制或铜制的水槽或水池。

古来赏月眺花人，即此奉祀在原君。

　　歌中所指便是岩本社。这等风雅往事，阁下所知当远胜于我。"吾闻言感佩。

　　今出川院①之近卫②，所作多见载于诸歌集。其年轻时，常咏歌百首，以岩本、桥本两社御手洗之水研墨书写，诚心敬奉神前。其歌誉满天下，众口称颂。所著汉诗文赋，亦极为出色。

---

① 今出川院：龟山天皇的皇后。
② 近卫：在今出川院身旁侍奉的女官、女歌人。

徒然草绘卷（第六十八段）

海北友雪/绘　江户时代

　　画面中萝卜精突然出现。仔细一看，这萝卜精头顶萝卜，护腿甲是由萝卜叶做成的。画面用金粉表现云霞缭绕的场景，似梦似幻，仿佛置身梦中。

第六十八段

　　筑紫某押领使①，自认萝卜乃万用灵药，遂每日清晨烤食两根，已行之多年。某日，大敌寻仇，乘宅邸空虚，骤然突袭围攻。宅中忽现勇士两名，奋不顾身，死战力御，终将强敌悉数击退。押领使深感不可思议，问道："在下与二位素昧平生，却蒙奋力营救，敢问究系何人？"二士答道："吾等便是长年蒙君信任，日日清晨所食之萝卜也！"言罢消失不见。

　　于信念深信不疑，方有此番功德。

---

① 押领使：负责本辖区内治安事务的武官，由国司、郡司中武艺高强者担任。

徒然草画帖（第六十九段） 住吉具庆 / 绘　江户时代

　　画面中，法师端坐屋内。在另一个屋内的廊下，一个仆人在用豆壳煮豆。这段文字与中国曹魏时期曹植的七步成诗异曲同工。"煮豆燃豆萁，豆在釜中泣。本是同根生，相煎何太急。"

第六十九段

　　书写上人 ① 积《法华》诵读之功，已臻六根清净之境界。某次，上人于旅途中借宿小屋，耳闻焚豆壳煮豆之"咕咕"声，竟识此声所云："汝等皆我亲眷，竟无情煮我，致我苦不堪言，实在可恨。"豆壳爆音噼啪，仿佛答道："此非我等本心。焚身之痛，亦难忍受。只是身不由己，无可奈何。切勿怨恨我等！"

---

① 书写上人：指平安时代高僧性空上人。因结庐隐居播州书写山，专诵《法华经》，故称"书写上人"。

徒然草画帖（第七十一段）　住吉具庆／绘　江户时代

传闻不如所见。有些人一见如故，有些人看起来似曾相识，这大概不是兼好法师一个人的感觉。画面中一个人拜访法师，两人都有一见如故之感。

第七十段

元应①年间，御游清暑堂②，恰玄上③遗失，菊亭大臣④遂以牧马⑤弹奏。方就坐以手探柱⑥，其一柱却触手而落。惶急之下，以怀中米糊粘合。待到祭祀供神之际，米糊已干，幸未误事。

推测前因，料系某身着贯头衣⑦之贵妇，于观览时因心有所怨，接近牧马，拗断琴柱，又安回原处所致。

---

① 元应：日本第96代后醍醐天皇的年号。
② 清暑堂：大内丰乐院九堂之一，演奏御神乐之处。
③ 玄上：村上天皇钟爱的琵琶名器，寻称皇室第一宝物。
④ 菊亭大臣：指右大臣藤原兼季，系当时的琵琶名手。因府邸亭中多栽菊花，故称"菊亭大臣"。
⑤ 牧马：大内珍藏的另一把琵琶名器，《古今著闻集》卷六记有"御琵琶牧马与玄上不分优劣"。
⑥ 柱：指调整音高用的四只弦轴。
⑦ 贯头衣：即最早的和服女装，在布的正中剪出一条直缝，将头从缝中套过去，然后用带子系住垂在两腋下的布，再配上类似于裙子的下装。

第七十一段

　　闻人之名，便想象其容貌，但见面时，又与先前所想迥然不同。闻往昔物语，易将今时某家之人，代入物语，与古人相较。此皆人之常情，非吾独具。

　　又，某时眼前所言所见，竟恍惚有似曾相识之感，似乎此前早已经历。具体何时虽不能确记，但定然有过其事。此种感觉，想必亦非吾独具。

徒然草绘卷（第七十二段）

海北友雪/绘　江户时代

　　画面中是一堵墙壁，两端分别描绘了"数量过多以至于显得不体面的东西"和"即使数量再多也不会造成困扰的东西"，两者形成了鲜明的对比。门前是两个喋喋不休的人，隔着画面似乎能听到他们唠叨的声音。

第七十二段

　　俗品诸事有：座位四周杂物多，砚旁笔多，持佛堂中佛像多，庭中石多草木多，家宅子孙多，逢人话多，愿文①中自书善行多。

　　再多也百看不厌之物有：文车②之文，尘冢③之尘。

---

①　愿文：向神佛发愿，祈求安康福乐的文书。

②　文车：屋中用于书籍搬运的小车。

③　尘冢：尘土废弃物的堆积处。

第七十三段

真实之事大抵无趣，故世间诸般传闻，虚言居多。

传言本已夸张，又时过境迁，不免依凭想象，任意加工，挥笔成书，俨然便是"史实"。各行业权威名家，其技艺由未识其道者看来，神乎其神；然于业内深谙此技者观之，平平无奇，殊无特异。耳之所闻，待到亲眼目睹，总是大不相同。

口若悬河、言过其实者，立刻便会被识破。又有自身虽不尽信，却人云亦云，大肆讹言谎语者，此非其人之谎，乃最初编造者之谎也。似假还真之谎，头头是道，其中虽有些微破绽，但言者巧舌如簧，也能自圆其说。此类谎言，最是可惧。凡虚言于己声名有利，人皆不愿置辩，任由传播。世人津津乐道之谎，倘仅一人质疑"恐非如此"，亦无济于事。闻谎而不揭穿，便成谎言之证，令谎言愈成事实。

总而言之，世上谎言多不胜数，目为寻常，则凡事不为所误。鄙陋者好言耸人听闻之事，有教养者不语怪力乱神。然佛神之灵验、权者①之传记，亦非全不可信。此等事，信任世俗之虚

---

① 日本佛教有"本地垂迹"一说。作为本源的佛、菩萨，为了拯救日本的芸芸众生化身为日本的神，这些化身被称为"权现"或"权者"。

徒然草绘卷（第七十三段）　海北友雪／绘　江户时代

　　身穿橙色和服的男子一副迫不及待的神情，仿佛在说："快听我说啊！"他一定是在夸大某些事实。如果这些内容被记录在纸上，后果可想而知。如今流传下来的各种史实，也许就是这样的产物。

言固愚，因"无凭无据"而悉数否定却也不必。只须明辨是非，不偏信盲从，不妄自嘲疑便好。

徒然草绘卷（第七十四段）

海北友雪／绘　江户时代

　　在纵横交错、人来人往的十字路口，行人虽身份各异，地位不同，职业各种各样，年龄参差不齐，但他们都匆匆忙忙。

第七十四段

　　人聚如蚁，奔波东西，忙碌南北；贵贱老幼去有所往，归则有家。夕眠朝起，熙熙攘攘，所为何事？贪生求利，无有止境。

　　养生所得，不过徒待老、死。二者转瞬即至，念念不停，其间殊无乐趣可言。惑者仍不惧老、死，溺于名利，不顾冥途日近。更有愚人，悲老畏死，妄思常住人世，实不明生死变化之理也。

第七十五段

　　孤清寂寥之人，是何心绪？若使心无烦恼，以独身自处最佳。

　　心系世俗，便不免为外尘所惑。与人交谈，措辞总以博人好感为先，本心尽失。又与人嬉戏、争执，一时恨、一时喜，心中怎得宁定？杂念横生，处处计较得失。执迷而醉，醉中痴梦；奔走忙碌，浑然忘道。人皆如此也！

　　即便佛道难悟，若能了断诸缘，静身远俗，令心间安宁，亦可暂得人

徒然草绘卷（第七十五段）　海北友雪/绘　江户时代

　　画面中，法师独自一人凝望虚空。这个形象代表了兼好向往远离俗世、永保内心平静的理想境界。我们可以从法师的姿势感受到他那身心放松的怡然之态。

生之乐。"生活、人事、艺能、学问等诸缘，均应离弃。"《摩诃止观》[①]中如此写道。

_____

① 《摩诃止观》：天台宗详述圆顿止观法门的主要著述，为天台三大部之一。

第七十六段

世间权贵之府邸，一遇喜丧，逢迎奔走者不计其数。然法师、圣僧，出家弃俗，竟也趋炎附势，登门拜求引见，实为不妥。或许另有隐情，但身为法师，应以疏离世俗为上。

第七十七段

　　世间有沸沸扬扬事，与之无关者却爱刨根问底，一面语人知，一面待人来询，诚不可取。尤以偏僻乡野之僧最为热衷，将打听他人私事视若己事。而后不厌其烦，四处传播，以致听者都不禁起疑：此僧所知何以如此详尽？

第七十八段

　　广为传布当今之珍闻异事，甚不可取。待纷纭事俱成旧闻而尚不知者，方为涵养深厚。熟人间互谈世事、物名，只言片语便可会意，相视而笑。然若有初来乍到者，不免难解其意，心感尴尬。此类事有违人情世故，无教养者常犯。

徒然草绘卷（第七十八段）　海北友雪／绘　江户时代

　　画面中，男子们围坐而谈。右侧的两个人动作夸张，大概是说得天花乱坠，各种吹嘘，忘乎所以。左侧的两人则投以轻蔑的眼神。有教养者与无教养者高下立见。

第七十九段

　　无论何事，均应谦虚求教，不以多识而自满。上品者心中虽知，绝不充行家而多言。反观乡下僻野来京者，却夸夸其谈，仿佛无所不知；闻者

徒然草绘卷（第七十九段） 海北友雪／绘 江户时代

　　庭前，一个男子正在卖弄一知半解的知识，檐廊上的两人静耳倾听，泰然自若。双方形成了鲜明的对比。仔细观察会发现双方的装束有所不同，看来有无教养有时也与身份有关。

面有不悦，彼则自鸣得意，甚粗鄙也。

　　于专精之道，必要慎言。人若不问，己不开口，方为妥当。

第八十段

世人皆偏爱与自身本业无关之事。法师好武术，东国武士不识弓术却俨然精通佛法模样，作连歌①，爱管弦，如此做派，较之本业粗疏更招人讥嘲。

非唯法师如此，上达部②、殿上人③等达官显贵亦尚武成风。然即便百战百胜，也难获武勇之名。其故在于：乘运破敌，人人皆可称为勇者。与之相反，兵尽矢穷，死不降敌，终于慷慨赴义者，方可称武勇。人生实不宜夸耀尚武，武乃远人伦、近禽兽之举，若非本职，好之无益。

第八十一段

屏风、障子④所绘书画、文字，倘出自庸才手笔，岂止令人望之生厌，更可看出屋主品位低劣。

不过，屋主之恶俗家居摆设，可见其

---

① 连歌：一种独特的诗歌体裁，始于平安时代末期。其特征是集体创作和即兴创作，由两人或多人对咏一首和歌，着重文句的堆砌和趣味，每一句都必须与别人的上一句巧妙衔接，因此需要作者具有随机应变的机智。连歌最初作为和歌的余兴盛行于宫廷，后来广泛流行于平民阶层。
② 上达部：位阶在三位以上的公卿的别称。
③ 殿上人：只有官阶在六位以上的官员，才被允许上清凉殿，称为"殿上人"。
④ 障子：用木框糊纸的拉窗、拉门，可看作是一面用来分隔房间的简易墙体。

徒然草绘卷（第八十一段） 海北友雪/绘 江户时代

　　房间的隔扇上绘制着"松菊图"，墙壁上装饰着水墨画，屏风上则贴满了诗笺等物。本图中，画师刻意没有描画人物，而是通过日常用品来暗示房间主人的品位。

情趣欠奉。但吾意并非谓家什均须精美。有家具为求坚固耐用，故外形粗笨，有碍观瞻。又有家具欲炫示珍奇，而刻意多余增饰，也颇令人厌恶。家居物品，以古风、小巧、耗费少、品质上乘为要。

《徒然草》中的审美意识

审美意识是日本文化的重要元素。理解了日本的审美意识，就理解了日本文化背后的隐秘逻辑。《徒然草》作为日本古典随笔的代表，其中蕴含的审美意识亦值得探究。

1. 简素的审美意识

人生无常，所有美好的事物都不能久住于世，因此《徒然草》中强调欣赏简素之美，追求物质和精神上的"断舍离"。"天皇着衣，以疏简为美。"（第二段）"治世之道，俭约为本。"（第一百八十四段）"平日间除朝夕必需品外，他物皆不必强求。"（第一百四十段）人心总是不足，却不承想，就是因为追求的太多，不懂得自我节制，所以才会生出爱恨嗔痴。只有把内心放空，才能心无挂碍。于是，兼好法师写道："左右宽阔自无障碍，前后深远则无阻滞。倘前后左右俱狭窄逼仄，极易碰撞冲突。用心褊小处，精神难有舒坦，与人争物则伤己身。宽容温和，方能毫发无损。人乃天地之灵，天地既无限，则人性何异？宽大至无垠时，不受喜怒牵缠，则外物岂能忧扰！"（第二百一十一段）

2. 季节变化、人生变动的无常哀感

兼好法师曾多次提及季节变化的意趣。"正因季节更移，世间方熙熙多趣。"（第十九段）"夜渐寒，鸣雁飞来，荻下叶色转黄，收割、晾晒早稻等事相继而至，真可谓农忙秋季。清晨大风劲吹，亦觉有趣。"（第十九段）除此之外，人生变动，也让他感到生活的趣致。"霜露侵衣，漂泊无定；心怀双亲训诫，忧心世人讥谤；忐忑不安，片刻无宁，以致孤枕独寝、夜不成寐。如此度日，方有趣致。"（第三段）

3. 自然无碍之美

对待自然界，兼好法师主张的是一种不矫揉造作，顺其自然、

尊重自然的态度。兼好法师认为，日常生活、万事万物皆以"自然"为妙。在《徒然草》中，兼好法师强调古朴肃穆，无造作匠气的美感。"众多工匠耗竭心力，造出唐土与大和极精巧器物；若将彼等纷乱杂陈，又将庭前所栽草木，以人力修整，拗其自然本性，则望之必生厌恶之心。"（第十段）

4. 亲近自然的沉静美感

　　日本是个受自然环境影响很深的国家，地震、台风、海啸不断，但他们并没有去改变自然，征服自然，而是观察自然，感激自然，亲近自然，敬畏自然，善于捕捉自然之美。"风雅之士居处幽寂，月色朦胧，沁入胸臆，别有一番风情。"（第十段）"独自造访佛寺、神社，匿身其间，也是乐事。"（第十五段）"于人迹罕至、水草丰茂之地，逍遥徜徉，赏心悦事莫过于此。"（第二十一段）

　　兼好法师一生大多数时间都在京都，在《徒然草》中也多次提到了京都的风景。打开本书就能看到美国弗利尔美术馆馆藏的《京都名所观游绘》，这幅作品描绘了18世纪日本京都一年四季的景象。画卷中既有清水寺、鸟部山、金阁寺等京都著名的景点，有赛马等庆祝男孩节等传统节日的庆典，还有人们河边秋游、冬季捕鱼的景象。可以说这幅画真实反映了日本江户时代京都人的生活状态，是不可多得的艺术珍品。

京都名所观游绘　川岛重信／绘　江户时代　美国弗利尔美术馆／藏

单轮车莳绘螺钿手箱　木制涂漆　平安时代（12世纪）　东京国立博物馆／藏
　　本物件为平安时代漆工艺的代表名作。据说，平安时代为了防止牛车车轮干燥裂开，将车轮浸泡于水中，单轮车为平安时代的人喜欢的设计图样。

第八十二段

　　有人言："薄绢所装裱书籍，颇易损坏，该当如何？"顿阿^①答道："裱物上下两端易脱落，或螺钿^②装饰之卷轴上，有贝片掉落，皆可喜之事。"此语见识非凡。又有人言："一部草子^③中装帧风格不一，观之心中不悦。"弘融僧都却道："凡物千篇一律，乃无识者所为。参差不齐方有妙韵。"此语亦属真知灼见。

---

① 顿阿（1289—1372）：镰仓时代著名歌人、净土宗僧侣，系作者吉田兼好的好友。
② 螺钿：用螺壳与海贝磨制成人物、花鸟或文字等薄片，根据画面需要而镶嵌在器物表面的装饰工艺。
③ 草子：日文中指"册子"，系用假名写作的随笔、散文或民间故事。

桩桩件件皆苛求规整划一，反而不美。未成之物，存其残貌，既有趣，又得生机绵绵之妙。人言："大内营造时，必留若干未完之处。"先贤所著内外之文^①中，亦多有章段残缺。

第八十三段

竹林院入道左大臣殿^②，若晋升为太政大臣，乃绝无异议之事。彼却言道："太政大臣何珍？一上^③足矣。"遂弃俗出家。洞院左大臣殿^④受此感悟，亦弃太政大臣之位。古语云：亢龙有悔^⑤。月盈必缺，物盛则衰。万事达于顶点，必近破败之道。

第八十四段

法显三藏^⑥西赴天竺，见故乡之扇，不由悲从中来，卧病在床，思食汉家菜。人闻此逸事，哂言："此人心气竟这般多愁善感，以致见笑于异国之人。"弘融僧都道："此三藏诚真性情也！"这位僧都毫无世俗法师之鄙陋，亦属可亲之人。

---

① 内外之文：佛教以佛经为内典，儒家典籍为外典。
② 竹林院入道左大臣殿：指镰仓时代公卿西园寺公衡。1301 年任左大臣，1311
  年出家。
③ 一上：关白以下最高位的官员。一般来说，关白往往由太政大臣担任，因此
  "一上"即指位阶仅次于太政大臣的左大臣。
④ 洞院左大臣殿：指镰仓后期公卿洞院实泰，1317 年出任左大臣。
⑤ 亢龙有悔：出自《周易》，意为居高位的人要戒骄，否则会召来灾祸，后悔
  莫及。
⑥ 法显三藏（334—420）：东晋高僧，是中国第一位到海外取经求法的大师。他
  于 399 年从长安出发赴天竺，历十五年，取得大量佛经归国。

第八十五段

　　人心非至纯，故难说无伪，但正直之人亦不在少数。寻常之人自身虽难说正直，但见贤思齐，也是常情。唯愚人见贤而憎，且嘲谤云："彼为图大利，假意不计小利，实欲欺世盗名也。"此等妄语，乃以小人之心度君子之腹，可见下愚果然难移。即便伪辞小利，亦不能做到。是故愚人终难效贤人模样。

　　仿狂人奔于大路，即是狂人；效恶人杀人害命，即是恶人。学骥为骥类，学舜为舜徒。虽伪而学贤，亦可称贤人。

一八

第八十六段

　　惟继中纳言①素富风月之才②，一生精进，读经诵佛。彼与寺法师圆伊僧正同宿期间，即文保③年间三井寺遭焚时，向坊主④道："昔时人敬您为寺法师，而今寺已破毁，日后只能称为法师了。"此俏皮话令人莞尔。

---

① 惟继中纳言：似指镰仓末期公卿平惟继（1265—1343），1330 年任权中纳言。
② 风月之才：善写汉诗文赋。
③ 文保：日本第 95 代花园天皇和第 96 代后醍醐天皇的年号，时在 1317—1319 年。
④ 坊主：指住持、方丈。此处指圆伊僧正。

徒然草绘卷（第八十五段） 海北友雪/绘　江户时代

　　画面中描绘了衣衫蓬乱、一路狂奔的两人。跑在前头的男子手持"狂竹"（能乐中用来象征发狂状态的道具）。观察其脚部，可以发现他仅单脚着草履，仿狂人之态穿行于大道。其人也必为狂人。

第八十七段

　　赐下仆饮酒，须慎之又慎。某男子家住宇治，与妻弟京都具觉坊相交甚笃。具觉坊乃风雅遁世僧也。某日，男子遣马夫迎具觉坊。具觉坊道："有劳远道而来，请先饮几杯薄酒。"遂取酒款待马夫。马夫拜谢，酒到杯干，豪饮数杯。具觉坊见其身佩太刀，状貌威武，心感此人可以依赖，便请与同行。至木幡一带，遇上奈良法师率僧兵经过，马夫酒意上涌，竟上前喝道："日暮入山中，其行必怪。统统站住！"言毕拔刀相向，众僧兵亦出刀引弓以对。具觉坊大急，拱手赔礼道："此下仆醉酒，出言无状，实非本心，还请诸位海涵。"众僧兵语带讥嘲，笑骂而去。孰料马夫转而责备具觉坊，大怒道："法师如此作为，实是令人着恼。俺何曾醉来？本待大显身手，扬名立万，奈何拔刀一场空！"遂挥刀狂舞，砍具觉坊落马。随后又纵声大呼："有山贼！"乡民闻声涌至，马夫又狂呼道："俺便是山贼！"舞刀乱斩，伤者无数。众乡民人多，终将其制服绑缚。具觉坊之坐骑浑身是血，奔回宇治大道家中。家人见状大骇，急令所有家仆找寻具觉坊，于栀原中见具觉坊正倒地呻吟，立即抬回救治。具觉坊虽侥幸不死，但腰部遭斩而受重创，终成废人。

第八十八段

　　有人持《和汉朗咏集》，自称为小野道风①所书。某人听闻，

---

①　小野道风（894—966）：日本平安中期书法家。他深受王羲之影响，创造出适合日本文化的书风，为"和样"书法的创始人。其代表作有《智证大师谥号敕书》《屏风草稿》等。

画面描绘了藏有稀世珍宝《和汉朗咏集》之人，以及探出身子力陈该歌集由来矛盾之处的男子。在兼好生活的时代，是不存在这种书院造的建筑样式的。图中所绘之物也就成了那个时代"不可能有"的东西。

道："阁下家传宝物可有来源根据？道风竟手书四条大纳言①著作，于年代不合，实在可疑。"孰知持有者回道："正因世所罕有，愈显其珍贵。"遂特意秘藏。

────────

① 四条大纳言：指《和汉朗咏集》的编撰者、平安中期著名歌人藤原公任（966—1041）。他出生那年，正是小野道风去世之年，所以在年代上十分可疑。

第八十九段

　　人言："深山中有猫妖，能食人。"又有人言："不仅山中有，本地也有。猫妖修炼年久，便成为"猫又"①，常噬人。"有位不知叫什么阿弥陀佛②的法师，善作连歌，住行愿寺附近。其闻此传言，自诫孤身独行时，须格外小心。某日其赴他处咏连歌，至深夜方归，行至小河边，忽见传闻

---

① 猫又：据说猫有九条命，当猫活了九年后，就会长出一条尾巴；而后每九年长一条，一直长到九条。有了九条尾巴的猫再过九年，即可化成人形。这类猫精在中国叫"九命猫妖"，在日本则称为"猫又"。其最明显的特征是尾巴在末端分叉成两股；妖力越大，分叉就越明显。
② 日本净土宗的本尊是阿弥陀如来，为借阿弥陀佛之力，该宗的僧人、佛工、画工、连歌师等便在"阿弥陀佛"的名号上加字，作为己名。

徒然草绘卷（第八十九段）

海北友雪/绘　江户时代

　　狗因为看到了主人，欣喜异常，摇着尾巴飞扑了过去。它的主人法师却惊慌失措、六神无主，连参加连歌会辛辛苦苦得来的奖品都慌乱地扔到了河里。扇子、小箱子、书册都在水面上漂浮着。

之猫又，猛向足下蹿来，飞身跃起，直噬颈部。法师心胆俱裂，无力抵御，立足不稳，跌入小河，急忙高呼道："有猫又！救命！是猫又！"周边人家纷纷持松明奔来，见是附近熟识之僧，动手将法师从河中抱起。问道："何事求救？"法师怀内所携连歌之彩头①，如扇、小箱等，俱入水中。法师侥幸保命，狼狈爬进家门。

　　其实何来猫又？不过是法师家养之犬。暗夜虽黑，此犬亦识得主人，因此飞扑上前，生出这番闹剧。

第九十段

　　大纳言法印之随从乙鹤丸，与贵族安良殿相识，常过府游玩。某日，乙鹤丸自安良处归来，法印问他："汝适才往何处？"答："往安良殿宅

---

① 彩头：古时在各种游艺、赌赛中所得的奖品。

邸。"又问："安良殿乃俗家人？出家人？"乙鹤丸合双袖于胸前，答曰："不知。因未见其头顶！"①

然何以未见头顶乎？

第九十一段

赤舌日②之事，阴阳道③本未提及，昔时之人原不避忌。近时不知何人言及，始有忌讳。其说法谓：此日诸事不顺，所愿皆空；入手之物得而复失，谋划之事件件难成。此等言论，尽属愚妄。择吉日而为之事，若计其顺与不顺者，两者亦相差无几。

推究缘故，盖因世事变易无常，完美事物从未存在。事始而难终，志不遂而希望不绝。人心不定，物皆幻化，凡事均不过暂存。可叹此理庸常难明。吉日作恶则必凶，恶日行善则必吉。吉凶皆由人而生，而非由日而定。

---

① 本来是否出家，看头顶即知。但为什么没见到头顶呢？……其实，此处暗喻两者间存在男色关系。
② 赤舌日：指每年农历正月初三。据中国传统习俗，当日容易与人发生口角。为防招惹口舌是非，各人均不外出向亲友拜年，只留在家中祭祀神明。阴阳家将其定为禁忌日之一，认为当日主有斗讼之事。
③ 阴阳道：源自古代中国的自然哲学思想与阴阳五行学说，传入日本后，逐渐发展成富有特色的自然科学与咒术系统，以天文、历法、漏刻等为正职，并行占卜、追傩等事。

第九十二段

某学射者，手持二矢瞄靶。其师云："初学者不可持二矢。因有后矢可赖，则生轻前矢之心。箭矢每回射出，不可患得患失，唯专心念一矢必中。"学射者或以为：师父面前，二矢未必忽其一。自身虽不觉此懈怠之心，然师父已洞悉。此诚施于万事均有益。

学道之人，不但夕思朝课，朝虑夕功，念念相续，精进修行。更能于一刹那间，自知有无懈怠之心。却何故于当前一念，甚难即行？

徒然草绘卷（第九十二段） 海北友雪／绘 江户时代
　　图中的年轻人手持两支箭瞄准靶子。他的师父手指靶子，告诫他："初学者不可一次持两支箭。"兼好以弓道教诲人们珍惜眼前一瞬间的重要性，绝不可疏忽大意。

第九十三段

有人语事云："某卖牛者，与买者相约次日付款牵牛。孰料当夜牛死。此状况于买者有利，卖者遭损。"

某旁听者却道："牛主虽有损，其实获大利。此言何解？只因生者不知死期将临，牛如此，人亦同。牛死难以预料，而牛主尚存。人一日之性命，重于万金，牛价所值不过鸿毛。得万金而失一钱，岂能谓损？"人皆嘲曰："此理何限于牛主！"

那人又道："人若憎死，必要爱生。然存命之喜乐，人有日日享之乎？愚者忘生命之乐，费心求身外之乐；忘生命之财，冒险贪他方之财，永无厌倦。生时不明生之乐，临死又惧死之怖，此理怎通？人皆不明生之乐，故难言惧死。实则人人惧死，只是忘死期将近耳。能超生死之相，方可谓悟得真理。"众人闻此宏论，愈发嘲笑不已。

第九十四段

常磐井相国①上殿途中，路遇持敕书之北面②，对方急下马致敬。后相国就此论道："北面持敕书，遇吾竟下马行礼。此等人焉能侍君？"遂革其职。

持敕书时，当于马上高举以示，下马反而不妥。

徒然草（全译彩插珍藏版）

---

① 常磐井相国：指镰仓时代公卿、歌人西园寺实氏（1194—1269），1246年任太政大臣，常磐井为其府邸所在地。
② 驻扎在御所北面警卫的武士，称为"北面"，分为上下两等。

修学院离宫　山田直三郎 / 编　《雍府画帖》

　　很多人不明白生之乐，费心求取身外之物，临死的时候又害怕。其实人人都害怕死亡，只是忘了死期将近而已。修学院离宫是日本最大的庭园建筑群，是日本三大皇家园林之一，前后也经过几次焚毁、重建，更何况脆弱的生命呢。

第九十五段

　　"于箱上穿孔结纽，应在哪侧？"有人向该行权威请教。答曰："一说在轴侧（左），一说在表纸侧（右），两说皆可。若是书信箱，多结右侧；若是杂物箱，则常结左侧。

徒然草绘卷（第九十七段） 海北友雪／绘　江户时代

　　兼好文章中所说的危害国家的"贼人"应该指的是"谋反之人"。但绘卷中描绘的"贼人"则是想要偷取贫贱之人财产的盗贼。兼好罗列的"为害之物"，本来彼此之间是没有明确连贯性的，但在绘卷中却不可思议地联系在了一起。

第九十六段

　　有药草名"豨莶"，若遭蝮蛇咬伤，捣碎此草敷于伤口，片刻便愈。此方与此草须当谨记。

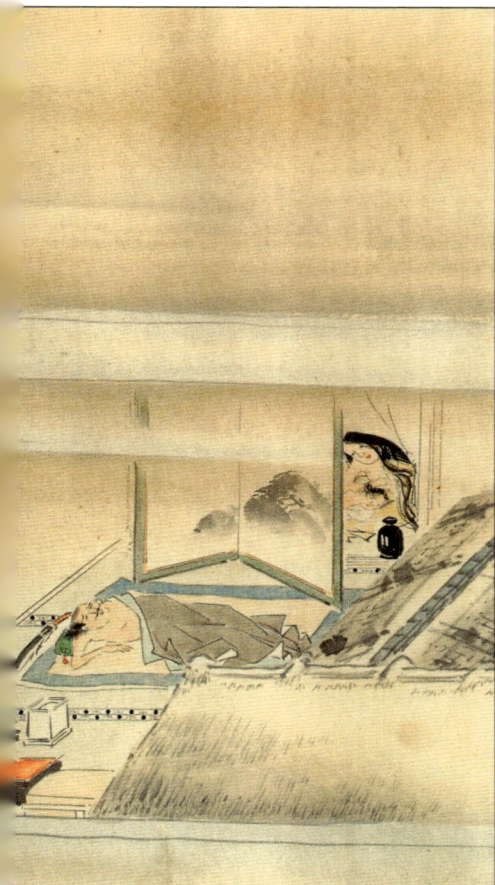

第九十七段

　　能附着于物上，而毁损其物者，数之不尽。如身有虱、家有鼠、国有贼、小人有财、君子有仁义①、僧有法。

---

① 老子《道德经》第十八章："大道废，有仁义。"

第九十八段

　　曾读草子《一言芳谈》，此书多载大德圣僧妙论，谨记内中有同感之语如下：

　　惑于可为可不为，犹疑之际，当暂且不为。

　　欲求往生极乐，则糠酱瓶亦应舍弃；随身经卷、佛像，品相上佳，反为不美。

　　遁世者身无长物，来去自由，此乃度日最佳姿态。

　　上臈①应处下臈②立场，智者应处愚人立场，富人应处贫者立场，能者应处无能者立场。

────────────

① 上臈：原为佛教术语。在日本古代指工作经验积累到一定程度后，所得到的较高地位与身份。

② 下臈：出身低微的下级仆役。

水彩画帖 三村竹清／绘

身无长物，来去自由，才是度日的最佳姿态。在山林山野间，寻一片清净之地，过自由的生活，是生活在喧嚣闹市人的追求。

求佛修道非为别事，乃为身有暇而不萦世事。此第一之道也。

此外尚有数语，已然忘却。

第九十九段

堀川相国①乃世之美男，且家资豪富，凡事皆力求奢靡。其子基俊卿任大理②，相国公务时见大理官厅之唐柜陈旧，遂命改制。诸官精通历代掌

---

① 堀川相国：指镰仓时代公卿源基具（1230—1297），1289年出任太政大臣。

② 大理：掌握全国刑狱、审判的最高长官。

祇园春景　山田直三郎／编　《雍府画帖》

故，闻之劝道："此唐柜传自上古，虽不知何时来我朝，却已历数百年。累代之公物，虽陈旧而可为后世范本，不可轻言改制。"其事遂罢。

第一百段

久我相国①于殿上欲饮水，主殿司②敬奉土器③。相国道："请换木碗。"遂易木碗而饮。

---

① 久我相国：指镰仓时代公卿、歌人久我通光（1187—1248），1246年出任太政大臣。

② 主殿司：专职负责宫中灯油、薪炭的女官，日本宫廷十二司之一。

③ 土器：粗陶器。

徒然草画帖（第一百零一段） 住吉具庆/绘 江户时代

　　画面描绘了某人任大臣节会之内辨时没有取宣命。外记与贯头衣女官在密商将宣命交给内辨的场景。

第一百零一段

　　某人任大臣节会之内辨①，却未取内记②之宣命③即上殿，此举大为失礼，但彼时又难以回身去取。正不知所措扪，六位外记④康纲，与贯头衣女官密商，托其取来宣命，悄然交予内辨。此事办得极妙。

①　内辨：在承明门内司仪的正大臣。
②　内记：中务省正七位上官员，负责为天皇起草诏书，记录宫中事务。
③　宣命：全文用汉字写成的宣布国家大事的敕命。
④　外记：太政大臣属下，负责纠正、修改诏书，同时又负责太政大臣的奏文，多由文笔不俗的文官担任。

镜池雪晓　山田直三郎/编　《雍府画帖》

第一百零二段

尹大纳言光忠入道[①]任追傩上卿时，向洞院右大臣殿[②]请教仪式次第。答曰："除非请又五郎男[③]为师，此外别无他选。"又五郎乃宫中老迈卫士，于公事仪典知之甚深。当年近卫殿落座时，忘置跪垫，遂召外记去取。彼时又五郎正举火守夜，闻言低声自语道："跪垫必先铺设方妥。"果然是经验老到。

---

① 尹大纳言光忠入道：指镰仓时代任弹正尹的源光忠（1284—1331）。

② 洞院右大臣殿：指镰仓末期公卿洞院公贤（1291—1360）。

③ "男"表明此人身份较低。

徒然草画帖（第一百零三段） 住吉具庆 / 绘　江户时代

　　画面中，几位近侍在殿内猜谜嬉乐。右侧医师忠守因被戏弄愤然离去。

第一百零三段

　　诸近侍于大觉寺殿^①猜谜嬉乐。医师忠守参与其事，侍从大纳言公明卿出一谜题云："观忠守非我朝之物。"有人言谜底为"唐瓶子"^②，引得哄堂大笑。忠守愤然拂袖而去。

---

①　大觉寺殿：位于京都市右京区，是真言宗大觉寺派的总院。平安时代曾作为嵯峨天皇的离宫，镰仓时代成为历代法亲王住持的寺院。

②　这个文字游戏含着两重文意：忠守是当时的著名歌人，他的祖先来自中国，"唐"字隐喻他的出身来处。而"忠守"与平安时代的权臣平忠盛的"忠盛"音同，"平氏"与"瓶子"在日语中的读音又相同。所以合起来，谜底是"唐瓶子"。

鸳鸯帐　小村雪岱/绘　大正七年（1918年）

第一百零四段

　　某荒芜偏僻、人迹罕至之宅中，有一女子，刻意离群索居，不知避谁。一年轻贵族，于某夜皎月初现时，悄然到访，家犬见之而吠。婢女出门问道："何方贵客？"男子自表身份，遂被带入宅中。放眼宅院一片凄清，心感如此简陋，怎宜居住？于板敷上暂候片刻，闻轻柔娴静声自内传出："有请！"于是费力拉开已朽颓难开之遣户，进到里屋。

屋中光景却不似外间那般荒败，另有一番幽雅情致。烛光若隐若现，光映四壁，家具陈设极有品位。薰香缭绕，并非专为来宾而匆忙焚燃。馨香入鼻，令人心旷神怡。女主人吩咐婢女道："请将门关好，或将有雨。车请停置门下，随从亦请妥当安顿。"众随从交头接耳道："今夜总算可以安眠。"虽声如蚊吟，然屋宅狭小，寝室内仍隐约可闻。

男子随后将近来境况细述于女主人，不觉间良夜已深，鸡鸣头遍。二人凡过去未来事，无不尽情倾述。继而天将破晓，雄鸡高唱。只是此处僻远，无须黎明即起，匆忙离去，故可从容话别。少顷东方泛白，亮光自门缝透入屋中，方才恋恋不舍，告辞出屋。到得宅外，树梢青翠，庭草碧绿，卯月^①曙光，妙味无穷。夜来缠绵，于车中回味，余韵悠长。车行渐远，频频回顾，直至连宅前大桂树都已望不见，这才作罢。

第一百零五段

屋北背阳处残雪未消，冻结为冰。彼处车辕凝霜，映于有明之月^②清辉中，晶莹闪亮。皎月未照之处，则显阴寒。御堂走廊，寂寂无人，唯见一风雅男子与一女子坐于柱间横木，絮语某事，仿佛永无尽时。

女子云髻峨峨、螓首蛾眉，亦属高贵之人。吐气如兰，令人心醉。二人谈姿清雅，只言片语断续传来，用词优美，惹人欲探其全貌。

---

① 卯月：阴历四月。
② 有明之月：农历一六日后，天明仍可在天上看到的月亮。

兼好法师的生死智慧

兼好法师前半生为官，后半生出家，他以自己的百味人生凝结成了随笔《徒然草》。当时他并没有读者，也不期望自己的作品能够为世人所知，就是这样一部作品让我们看到了他的生死智慧。

1. 世事无常的生死观

《徒然草》处处透露着无常的生死观，但他并没有消极遁世的精神，而是形成了勤勉、惜时的感悟。

"无常"本是佛教用语，传入日本以后逐渐本土化，成了日本人的一种心理特征。这种生死观在《徒然草》中更是随处可见。《徒然草》中说："若爱宕山野之露永不消，鸟部山之烟恒不散；人生在世，若能长存久住，则生有何欢？正因变幻无常、命运难测，方显人生况味无穷。"（第七段）"飞鸟川激流变化不定，恰如人世之无常。时移事易，悲欢离合，昔年华屋美栋而今俱成无人荒野。即便府宅依旧，也已物是人非。"（第二十五段）

兼好法师产生这样一种生死观，与他所处的时代背景和个人经历有很大关系。兼好法师生活的时代是古日本最黑暗的时代之一，史称"天下二分，两统迭立"。在政治动荡的时代，礼崩乐坏，事不稽古，多灾多难，能够生存下来已经是万幸。兼好法师作为一个下层贵族，既目睹了平民百姓处于水深火热的境地，又了解上层统治集团的黑暗，由此兼好法师的作品也体现出对生死的紧迫感。

2. 生离苦更甚死别悲

生离死别是让人最痛苦、最伤心的事情。古今各国的文人对此都有不同的感悟。兼好法师说："人心是未待风吹已自落的花。往昔岁月，佳人依依、情意绵绵之语，至今犹难忘怀。可叹别离经年，已形同陌路。生离苦，更甚于死别悲。"（第二十六段）他的观点，跟印度诗人泰戈尔的"世界上最遥远的距离，不是生与死的距离，而是我就站在你面前，你却不知道我爱你。"有异曲同工之妙。

3. 不追求长寿的淡然态度

人都是追求长寿的，兼好法师认为："蜉蝣朝生夕死，夏蝉不知春秋。如果能淡然豁达，即使只有一载光阴也会觉得绵绵无绝。但如果贪得无厌，即使活了千年，也不过像一场梦。如果徒然等待姿容老丑有什么意义呢？"（第七段）所以他认为，人在四十之内辞世，最是佳妙。

4. 不要为名利所束缚

亲情、财富、地位，很多人的一生努力追求一切美好的东西。但兼好法师认为："穷有生之年而羁于俗事，最是愚蠢。"（第一百五十段）因为聚集了很多财物，却不懂得修炼自身，就会给自己带来灾难。豪车肥马金玉饰，在智者看来，是可鄙可厌的。

5. 人生在世，遁世修道为最佳出路

兼好法师看透了世事无常，看尽了生离死别，觉得浮生虚幻，最终选择出家修道，这也是他认为的人生的最佳出路。浮生匆匆，时不我待。无常迫近，比水火更速。所以人们更应该珍惜光阴，止于该止处，修于当修时。

兼好法师 菊池容斋／绘 江户时代

见立钵之木　铃木春信／绘　中判锦绘　明和四年（1767 年）

第一百零六段

高野证空上人①赴京途中，经一狭道，遇某女子乘马而来。牵马男子处置不当，竟将上人之马挤入沟中。

上人怒气勃发，责骂道："此等行为，实属罕见！汝可知四部之弟子②，比丘胜于比丘尼，比丘尼胜于优婆塞，优婆塞胜于优婆夷。区区优婆夷，竟将比丘蹴入沟中，恶行前所未有！"牵马男子道："阁下啰里啰唆，俺是一句不懂！"上人愈怒，愤道："尔真非修非学之男③！"言毕又感不该如此尖刻，遂牵马返身而去。

这场口角，倒也难逢。

第一百零七段

女子有问，能即刻对答，且应对得体之男子，极少见。龟山院御宇时，有女官好戏谑取乐，问上朝众少年公卿："可闻郭公④声？"某大纳言回道："不才浅陋，岂能得闻？"堀川内大臣殿⑤答道："吾于岩仓似曾听闻。"众女官评议道："此答尚可。不过自称'浅陋'者，未免太过谦虚了。"

男子须有不受女子讥讽之教养。曾有人言："净土寺前关白殿⑥幼时起

---

① 证空上人：1177—1247年，日本净土宗西山流开山祖师，法然上人之弟子。
② 四部之弟子：又称四部众，指比丘、比丘尼、优婆塞、优婆夷。前二众为出家修行，后二众为在家修行。
③ "非修"指不修佛，"非学"指没学问。
④ 郭公：布谷鸟的别称。因布谷鸟的鸣声如呼"郭公"，故称。
⑤ 堀川内大臣殿：指镰仓时代公卿源具守（1249—1316）。
⑥ 净土寺前关白殿：指镰仓时代公卿九条忠教（1248—1332），1291年任关白，1309年出家，号净土寺、报恩院。

折梅枝　铃木春信 / 绘　中判锦绘　美国大都会美术馆 / 藏

便受教于安喜门院①，故能言善道。"山阶左大臣殿②则云："彼等不过下女，竟敢对上卿评头论足，当真既可耻又令人不安。"然世上若无女子，则冠戴服饰一概无须讲究，又何来衣冠楚楚之人！

此等令男子心生不安之女，吾曾试想其到底如何传奇。得一结论：女子本性皆执拗任性。

执着于人我之相深③，贪欲盛而不明物理，心溺于迷惑之途，巧言令色，即便相询以无关紧要事，亦不肯言，貌似冗稳。然重大惊骇之事，却又不问自言。女子伪饰之智，远胜男子，但本性不久即露。故女子尽皆愚顽，倘万事顺其心意愉悦欢心，岂非愚上更愚。据此而言，则为女子所评议，复有何耻？即令有所谓贤女，亦未必可亲可慕。唯色心荡漾时，方觉女子娇媚可人。

第一百零八段

寸阴④无人惜。是觉无此必要，抑或因愚昧而不知惜？有一言奉劝愚且怠者：一钱虽轻，日积月累，可使贫者变富人，故商贾倍惜一钱。刹那虽短，轻忽而流失，不觉间命终之期已至。

有志修道者于过往岁月绝不惋惜，心中唯系当前一念，不令其空过。若有人来告，吾命明日必尽，则今日可为何事？祈求又何事？吾等眼下之今日，与死前仅存之今日，并无不同。一日之中，饮食、如厕、睡眠、言语、行走等事，已不得不耗费多时。所余些少光阴，再用于行无益之事，言无益

---

① 安喜门院（1207—1286）：后堀河天皇之皇后，名有子，法名真清净。
② 山阶左大臣殿：指镰仓时代公卿洞院实雄（1217—1273）。
③ 人我之相深：佛教语，意为重自我、轻他人。
④ 寸阴：短暂的光阴。语出《淮南子·原道训》："故圣人不贵尺之璧，而重寸之阴，时难得而易失也。"

徒然草绘卷（第一百零八段）

海北友雪/绘　江户时代

据说，隐居于山中寺院的慧远大师曾起誓永不迈过寺前的溪谷虎溪，但在送客时，他与客人相谈甚欢，不觉越过虎溪，三人不禁大笑起来。这就是"虎溪三笑"的典故。

之语，作无益之思。时光荏苒，鸟飞兔走，一生枉送，可谓愚蠢至极。

谢灵运①虽笔受②《法华经》，但其本心，常思观世间山水风云，慧远③

---

① 谢灵运（385—433）：东晋末、南北朝初期著名山水诗人。其诗意境新奇，辞章绚丽，影响深远，被后世誉为中国山水诗鼻祖。

② 笔受：用笔记录别人口授的翻译，并加以润饰。

③ 慧远（334—416）：又称远公大师，东晋高僧，俗姓贾，21 岁时彻悟出家，为净土宗始祖。

遂不许其结白莲之交[①]。即便片刻不惜光阴，亦与死人同。何以惜光阴？内绝思虑，外断俗务；止于该止处，修于当修时。

---

① 白莲之交：慧远于402年，在庐山召集一百二十三人，结社发誓："齐心潜修净土法门，共生西方极乐世界。"因集会前，名士谢灵运曾替慧远在东林寺中凿东西两池，遍种白莲，是以慧远所创之社，称为"白莲社"。但慧远以谢灵运凡心未尽为由，拒绝他入社。

第一百零九段

　　某男系攀树名手，其指定一人攀高树折枝。攀树者至既高且危处时，彼沉默不言；攀树者降至屋檐高矮时，彼方叮嘱道："谨慎勿慌。"吾心好奇发问："如此高度，径直跳下亦无妨，何以出言提醒？"彼答："于此时出言警示，正当其时。人至高处，枝危眼晕，自然战战兢兢，心知谨慎，不必多言。而看似安全之地，负伤失误反多，故必须警示。"

　　画面描绘了修莫完树枝的人和指导他的爬树名手。剪枝的人回到了能够轻松跳下来的高度时，爬树名手才跟他搭话。名手抬头望树，脸部都有点变形了。从他的表情可以间接感受到树的高度。

　　彼虽下臈之人，所言却极合圣人之诫。蹴鞠①亦是同理，难处易踢，之后若大意轻率，则鞠反而落地。

---

　①　蹴鞠：古代盛行的踢皮球运动。"蹴"是用脚踢，"鞠"是皮制的球。

徒然草绘卷（第一百一十段） 海北友雪／绘 江户时代

　　双六高手将手肘拄在双六棋盘上，法师则在向他请教技巧。这里的双六指的不是先掷骰子，然后移动纸上的棋子以求达到终点的游戏，而是指奈良时代从中国传入的双六棋。

第一百一十段

　　有人向某双六^①高手请教制胜诀窍，高手答道："心中不可贪胜，应

---

　　① 双六：古代一种博弈游戏，相传从天竺传入中国，唐朝时又传入日本。因为局如棋盘，左右各有六路，所以称为双六。据日本《双六锦囊钞》记载，一套双六主要包括棋盘、黑白棋子各十五枚、骰子两枚。

以不败为念。某一着若最易致负，立即弃用。而后步步经营，皆从缓败着眼。"

此悟道之言也。修身、保国之道亦然。

第一百一十一段

"好围棋、双六而至不眠不休者，吾以为其恶尤胜于四重五逆①。"此语乃某圣僧所言，鞭辟入里，发人深省。

第一百一十二段

自言"明日将赴远国"之人②，恐难托付，需静心从容方能完成之事。骤逢大事，人心悲沮，他事俱难入耳，于他人愁喜亦漠不关心。虽漠然，他人却并不因此而生怨恚。依此理，年迈者、病重者，莫不如是，更何况遁世之人。

欲避人世礼仪交往，殊非易事。倘世俗之念难息，必应酬不绝，欲多身苦，心无片时得暇，一生尽废于杂事小节，空虚无获。"日暮而途远，吾生已蹉跎。"③此时正应放下诸缘，信义、礼仪统统抛却。不明其中真意者，谓此举无情悖伦，乃狂人所为。此类议论，毁不必介怀，誉不必入耳，可也。

---

① "四重"全称四重禁戒，指杀生、偷盗、邪淫、妄语。"五逆"指杀父、杀母、杀阿罗汉、出佛身血、破和合僧。
② 暗喻心急修持者。
③ 语出白居易《念佛偈》："日暮而途远，吾生已蹉跎。日夕清净心，但念阿弥陀。"

第一百一十三段

四十有余而于女色仍不能忘情，若深藏心中，倒也无可厚非。但若诉诸言语，肆意张扬男女秘事及他人私隐，便与年岁不符，大是不雅了。

大抵如下事，闻之观之俱不雅：老者混迹青年中，为受瞩目而妄言无忌；卑微者大言不惭，吹嘘权贵名流与己相交甚密；贫者好设酒宴，铺张待客。

第一百一十四段

今出川大臣殿①往嵯峨，于有栖川涉水。牛童赛王丸驱牛急渡，牛蹄踏水，溅起水滴于车前横板。侍从为则陪乘于牛车后座，怒斥道："如此牛童当真少见！这等所在，岂能驱牛急行！"大臣殿闻言不悦，骂道："汝这奴才方才少见，驭车尚不及赛王丸，有何资格出言呵斥？"遂强摁为则头颅撞牛车。

赛王丸大名鼎鼎，乃太秦殿②之仆，专职之牛饲③。侍奉太秦殿之女官，名皆与牛相关：一名膝幸，一名梓槌，一名抱腹，一名乙牛。

徒然草（全译彩插珍藏版）

---

① 今出川大臣殿：指镰仓时代公卿西园寺公相（1222—1267），号今出川、冷泉，1261年出任太政大臣。
② 太秦殿：指当时的权贵西园寺家。
③ 牛饲：古日本贵族官宦宅邸中，平时负责饲牛养牛、出行时负责驾车的牛倌儿。

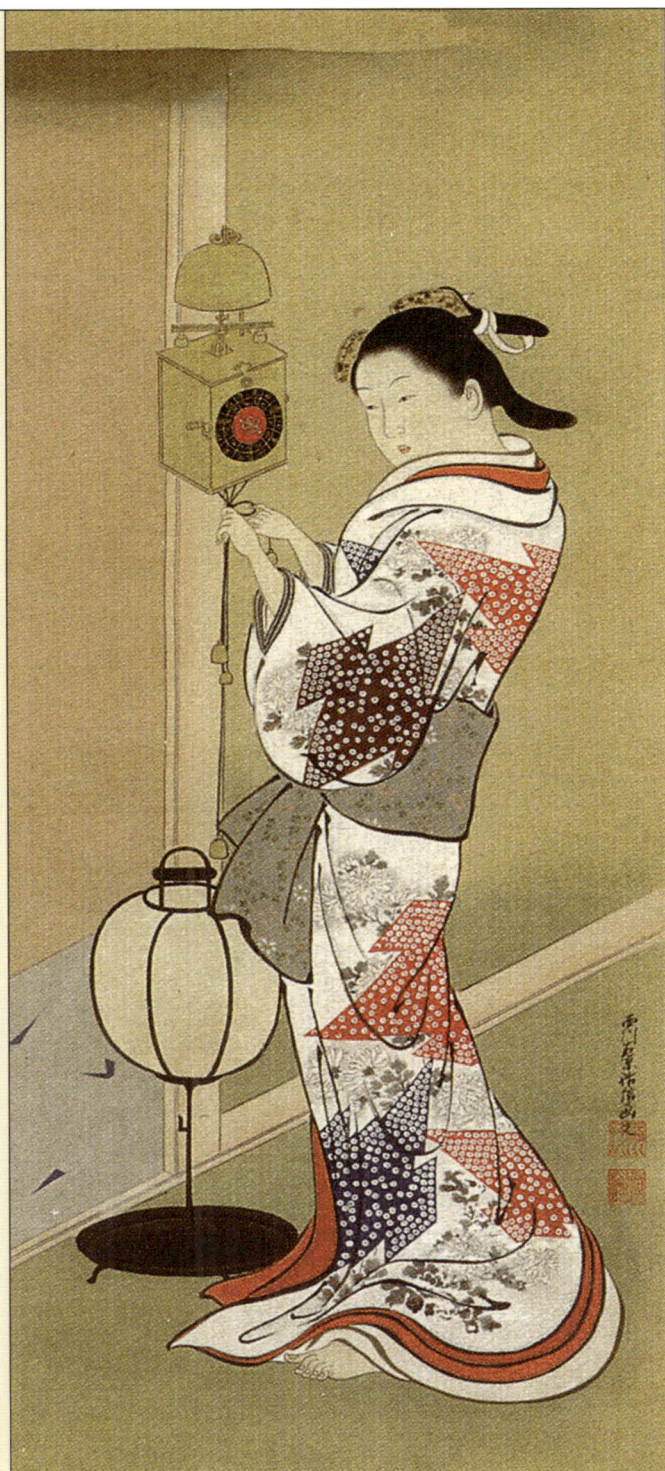

立美人図

怀月堂安度一绘　千叶市美术馆一藏

一五

第一百一十三段、第一百一十四段

第一百一十五段

宿河原一地，聚有众多放浪僧①。某日正九品念佛②，忽有一僧自外入，问："此处可有名为司崖之法师？"放浪僧中有人答："贫僧便是。阁下何人？"来者道："在下名白梵字。闻家师某某于东国遭放浪僧司崖残害，故欲寻其报仇雪恨，乃有此问。"司崖道："来得正好。当年确有其事。只是此处乃念佛道场，不可亵渎。如欲了断，前方河原甚佳。诸位朋友，还望两不相助。倘有碍修佛，实是罪过。"言罢，二人齐往河原对决，奋力互刺，同归于尽。

放浪僧之称谓，昔时未曾见。近世名衔中有梵论字、梵字、汉字者，当系其滥觞。彼等貌似舍世出家，实则我执③甚深；貌似愿皈依佛道，实则争斗不息；貌似放荡不羁，却又轻死重诺。心无所惧，处事果决，倒也可赞。

以上皆他人所言，吾闻而照录。

第一百一十六段

寺院之号、万物之名，古人从不牵强附会，仅依其自然面目平实取名。今人却刻意为之，挖空心思，欲炫示己才，反惹嫌恶。人名取僻字，实无益之举。

---

① 放浪僧：在山野、河川结伙流浪乞食的带发僧人。
② 博通三藏之大德与凡愚之人，因修持不同，往生品位便有差别，分为上、中、下三辈，每一辈又可分为三品，合为九品。念佛也分有相应九品，称"九品念佛"。
③ 我执：佛教用语，又名我见。一切众生的肉体和精神，都是因缘所生法，本无我的实体存在，但人都妄自执着于自我。

事事求奇，热衷异说，才疏学浅者必然如此。

第一百一十七段

不宜为友者七：一、位高权重者；二、年少者；三、体健无疾者；四、贪杯好酒者；五、尚武狂暴者；六、说谎者；七、欲壑难填者。

可为益友者三：一、乐善好施者；二、医师；三、有慧根者。

徒然草绘卷（第一百一十七段）　海北友雪／绘　江户时代
　　画面以雨幕为界，两侧分别描绘了愿结交为友之人与不想有所瓜葛之人。右侧所绘宅邸中，围坐着贪杯好酒者、欲壑难填者、权贵、说谎者以及武士。庭院中以毛巾包裹双颊之人可是一位年轻人？不论是否，确是一位即使淋雨也无动于衷的体健无疾者。

第一百一十八段

人言：食鲤羹时，鬓角不可散乱。因鲤可制胶，颇富黏性。

鱼中唯鲤可于御前剖切烹制，故称珍品。禽中妙物则无过于雉。雉与松茸虽悬于御汤殿^①上，亦无伤大雅。若置他物，则不协调。北山入道殿^②见中宫御方^③之御汤殿上违棚^④有雁，归府邸后，立即来信，云："此物不雅，一向未曾见置于御棚。今番定因无通达事理者侍奉中宫左右，方有此误。"

第一百一十九段

镰仓之海有鲣鱼，当地视为无双美味，近年常用之以飨贵客。然镰仓老者皆云："吾等年少时，从不敢将此鱼奉于名流之席。即便下仆亦不食其鱼头，随手割弃之。"

呜呼末世，粗食竟珍于富贵者之席。

第一百二十段

唐物除药外，余者尽缺亦无妨。书籍于本国流布已广，故书写无碍。唐船航路艰难，却尽载无用之物，渡海远涉本国，愚不可及。

当如书云："不宝远物。"^⑤又云："不贵难得之货。"^⑥

---

① 御汤殿：宫中准备热水之处。
② 北山入道殿：指镰仓时代公卿西园寺实兼（1249—1322），是当时皇后禧子的父亲。
③ "中宫"为皇后居处，"御方"是敬称。
④ 违棚：用来放置食品的上下格架。
⑤ 《尚书·旅獒》："不宝远物，则远人格。"
⑥ 出自老子《道德经》第三章："不贵难得之货，使民不为盗。"

徒然草画帖（第一百一十九段）　住吉具庆／绘　江户时代

　　画面描绘了镰仓人在海上捕鱼的场景。

御厩川岸看两国桥夕阳　葛饰北斋／绘　《富岳三十六景》1832年版

　　一直以来，船都是日本重要的运输工具。

第一百二十一段

　　人所饲养之马牛，驾辕犁田，受人役使，虽然可怜，然马牛劳作乃日常必需，别无他法，实属无奈！犬能护宅防盗，胜人一筹，亦不可缺。但家家皆养，不必强求饲之。此外鸟兽，全属无用之物。走兽缚以铁链囚于槛，飞鸟剪其羽翼困于笼，恋青云，眷山野，忧愁无有止时。吾辈设身处地思之，亦不能忍，有心者岂以此为乐？苦生灵而娱己目，桀纣之心也。王子猷①爱鸟，观林中鸟鸣嬉戏，谓为逍遥之友，并不捕而虐之。

　　书云："珍禽奇兽不育于国。"②

第一百二十二段

　　人之才能，以知书明圣教③为第一；次则为书法，即便不能为业，亦当勤习，大有益于学问；再次为医术，养身助人，尽忠尽孝，医皆可用；第四乃弓术与马术，此见于"六艺"④，必习也，文武医之道，诚不可缺，学之定然有益；第五，民以食为天，调味识烹者，可予人莫大好处；第六，手工技艺，用处亦广。

　　此外尚有多能，却为君子所鄙。工于诗歌、妙通丝竹，乃幽玄之道，君臣皆重之。然今时若以之治国，则近于迂腐。好比黄金虽贵，却不及铁之多用。

---

① 王子猷：名徽之，大书法家王羲之第五子，性好竹爱鸟，乃当时名士。
② 《尚书·旅獒》："犬马非其土性不畜，珍禽奇兽不育于国。"
③ 圣教：儒教。
④ 六艺：儒家要求学生掌握的六种基本才能，即礼、乐、射、御、书、数。

东都名所四季之内　歌川国贞/绘　嘉永六年（1853 年）　江户东京博物馆/藏

第一百二十三段

　　为无益之事徒耗时光，堪称愚人，亦可谓僻违①之人。为国为君，应为之事甚多，余暇已无几。想来人生必要操心之事，一食、二衣、三居所。人间大事，莫过此三者。不饥，不寒，不侵于风雨，闲静度日，便是至乐。但人皆难免患病，若疾病加身，苦痛难忍，故医疗不可忘。前三者及医药四项，缺则为贫，无缺则为富。于四项外别有所求，便成贪。若四事节俭，则无人感不足。

---

① 僻违：乖僻不合。《荀子·修身》："由礼则雅，不由礼则夷固僻违，庸众而野。"

第一百二十四段

是法法师①于净土宗中，学识修为无人能及。但他从未自夸为大学者，仍朝夕念佛不辍，平心静气度日。诚可敬可慕。

第一百二十五段

某高僧应邀，于某亡人四十九日之佛事上说法，句句感人，听者尽已落泪。此导师归后，听法诸人有感而发道："较之以往，今日说法感人深矣！"其中某人道："此导师相貌颇似唐狗！"一言甫毕，满座扫兴，气氛登时转淡。竟以此语赞誉导师，实在不妥。

又有人言："向人劝酒，己身先饮，而后迫他人饮，好似以剑斩人。剑有双刃，若挥剑先斩己头，则他人之颈如何斩？倘己身醉倒在先，又何以劝他人饮？"出此言者，可曾试以剑斩己头？谬论也。

第一百二十六段

某人云："赌博时，若对手一败涂地，将余钱悉数押上，孤注一掷，切不可再与之赌。须知此际正是绝处逢生、胜负逆转之时，对手极可能连

徒然草（全译彩插珍藏版）

---

① 作者同时代的著名僧侣、歌人。

徒然草绘卷（第一百二十七段）　海北友雪/绘　江户时代
　　古时候，每当有了新的规定或禁止事项，都会通过木札来通知人们。观察栅栏的里边，可以看到大小不一的木札并立着。这说明规定一改再改，但状况却未曾改善，可以说毫无意义。

胜。能识机进退，方称博弈高手。"

第一百二十七段

重新去做却依然无益之事，不如不做。

第一百二十八段

雅房大纳言①德才兼备，人中翘楚。上皇欲晋其为近卫大将，有近侍进谗言道："臣近日惊见极不堪事。"上皇问："何事？"答："雅房卿竟斩活犬之足饲鹰。臣自院墙孔穴中亲眼所见。"上皇闻言大恶，顿觉雅房面目可憎，晋升一事就此作罢。后另有近侍取鹰来验，方知犬足饲鹰云云，纯属子虚乌有。受谗言诽谤，固然不幸，但上皇闻此等事而憎恶之，其仁心可见一斑。

大体而言，杀生、以凌虐动物取乐者，与自相残杀之畜生无异。一切鸟兽，乃至小虫，若细心察其行止，可知其护子怀亲、夫妇相伴、妒怒多欲、爱身惜命，诸般愚痴较之人类更甚。虐其身，害其命，实是可悯可痛。

观世间一切有情②，而无慈悲之心者，有悖人伦也。

第一百二十九段

颜回之志，劳事非己所欲，不施于人。使人苦痛，残虐生物，夺贱民之志，此等事皆系恶行。又有以谎言欺吓、戏谑幼儿取乐者，亦不肖。谎言于成人观之，不过儿戏，或许不以为然，但于稚子之心，却是深感可怖、可耻、可悲，且记忆深刻。以他人之苦为乐者，无慈悲心。

---

① 雅房大纳言：指镰仓时代公卿源雅房（1262—1302），号土御门，1297 年任大纳言。
② 有情：佛教语，指人类、诸天、饿鬼、畜生、阿修罗等有情识的生物。其他如草木金石、山河大地等，则称无情。有情与无情合起来是佛教对世界的总概括。

徒然草绘卷（第一百二十九段） 海北友雪/绘 江户时代

绘卷左侧描绘了中国书法家韦诞的故事，他的故事说明了精神压力对人的影响。他为了给挂在建筑物上的匾额题字登上了约有 75 米高的高楼。据说由于过分惊恐，他从高楼下来后头发全白了。

成人之喜怒悲乐，皆属虚妄，然实有之相谁能不执着？伤人之心，比之害人之身更恶。病痛多源自内心，外来之病少。服药求汗，未必有效；一旦心中有愧，则必定汗流浃背。^①由此可知心之作用。书凌云之额而须发尽白^②，即为先例。

① 出自《文选·养生论》："夫服药求汗，或有弗获；而愧情一集，涣然流离。"
② 此典故出自《文房四谱》："魏明帝起凌云台，先钉榜木题之。乃以笼盛韦诞，辘轳引上书之。去地二十五丈，诞甚危惧，及下，须发尽白。乃诫子孙绝此楷法。"

第一百三十段

君子无所争，枉己从人，后己先人，无事更胜于此。

于诸般游戏均好胜者，胜则兴致倍增，因艺高他人而沾沾自喜。然一旦告负，又必定兴味索然，进而思己负人喜，愈发扫兴，游戏之心全消。败他人之兴而悦己心，实乃悖德之行。戏弄亲友，以狡诈显自身机敏，大为无礼。故宴席间因玩笑而长久结恨之例甚多，皆系争强好胜惹祸。

如欲胜人，当以学问、才智方面为宜。学道者不伐善①，不与他人争高下。辞高官要职，舍财物巨利，唯倚学问之力。

第一百三十一段

贫者不以货财为礼，老者不以筋力为礼。②己分③当知，无力为之绝不可勉强，如此方为智者。倘他人不许，乃他人之误；不识己分而强为，则系己误。贫者不自量力则为盗，老者不自量力则病苦。

第一百三十二段

有新修之道名鸟羽道，非因鸟羽殿④建成而名，乃古已有之。有例为证：元良亲王⑤元旦奏贺之声，响亮激越，自大极殿至鸟羽新道皆可得闻。

---

① 伐善：夸耀自己的长处。出自《论语·公冶长》："颜渊曰，愿无伐善，无施劳。"
② 语出《礼记·曲礼上》。
③ 己分：自己能力的限度。
④ 鸟羽殿：白河天皇在1086年营建的离宫。
⑤ 元良亲王：890—943年，阳成天皇第一皇子，著名歌人。

事载《李部王记》①。

第一百三十三段

天皇夜寝之御殿，置御枕于东。盖因东枕可受阳气，故孔子亦东首而寝。② 寝殿之布置，或东枕，或南枕，均属常见。白河院北首而寝③，有人议论道："北首乃忌讳之事④。伊势在南，御足朝向太神宫方向，恐怕不妥。"然遥拜太神宫时，所朝方位乃巽位⑤，非正南也。

第一百三十四段

高仓院⑥之法华堂三昧僧⑦中，有某律师⑧，某次持镜自视，见己面容甚丑，心感悲沮，深觉此镜可恶。自此后畏镜不敢触，再不照镜，亦与外人绝交，除御堂佛事外，余暇皆闭居房中。此事吾得听传闻，深感如此律师实在罕有。

貌似聪明者，善知他人，而不知己身。然不自知却能知人，世无此理。唯自知者，方能知物知人。不自知貌丑，不自知心愚，不自知技劣，

① 《李部王记》：醍醐天皇第四皇子式部卿重明亲王旳日记。
② 《论语·乡党十九》："疾，君视之，东首，加朝服，拖绅。"
③ 白河天皇退位后出家，已是佛教徒的身份。释迦牟尼圆寂时，头朝北，面朝西方，右掌垫头，以侧俯姿势，叠足安卧。所以白河院也要头朝北而寝。
④ 古代一般将死者的头朝向北。
⑤ 巽：八卦之一，位东南。
⑥ 高仓院：日本第 80 代高仓天皇（1161—1181）退位后的称呼。
⑦ 三昧僧：专修法华三昧的僧人。
⑧ 律师：又作持律师、律者。是专门研究、解释、读诵律的僧人。

当世三十二相　歌川国贞/绘　日本浮世绘博物馆/藏

不自知卑下，不自知年老，不自知得病，不自知将死，不自知修行未够。自身种种缺陷尽皆不知，则外人之讥又如何能知？容颜美丑，观镜可知；年岁增长，数而可知。此等可自知之事，即便知晓，亦无计可施，与不知无异。容颜美丑难变，岁月更迭难返，既已知丑陋，何不抽身速退？既已知年迈，何不静养存身？既已知修行未够，何不专心反思？

不招人喜，偏要与众交，可耻也。貌丑心愚，偏要出仕；无才无学，偏要结交大才；技艺不堪，偏要与行家并列；白发如雪，偏要与壮年为伍。妄求力所不能及之事，又忧心难以实现，苦待绝难降临之机遇，遂致惧人、媚人。此辱非外人所加，实乃己身贪婪而招。只因尚不知命终大事将临，故仍贪念不息。

第一百三十五段

资季大纳言入道①逢具氏宰相中将②，言："阁下若有疑问，无论何事，吾俱能作答。"具氏道："此话当真？"答："不妨一试！"具氏道："倘是正经学问，在下所知有限，难以相询。唯从不值一提之微末中，举一事特求指教。"资季道："凡一应琐事，尽可明晰对答。"御前近侍、女官等，皆起哄道："此争甚是有趣，可至御前立状，负者当为东道请客！"具氏乃道："在下幼年读书时，常闻'むまのきつりやう、きつにのをか、なかくぼれいりくれんどう'③，却不知其意，请阁下详解之。"大纳言入道瞠目结舌，无言以对，只得道："此问甚无谓，吾不欲答。"具氏道："深奥道理在下一

---

① 资季大纳言入道：指镰仓时代公卿、歌人藤原资季（1207—1289）。1259年任权大纳言，1268年出家。
② 具氏宰相中将：指从三位参议兼左近卫中将源具氏（1232—1275）。日本将参议称为宰相。
③ 这是利用日文假名的倒装组合所造的一个谜。查日文各原版注解，谜底说法不一。此文字游戏颇复杂，无法翻译，只能直录原文。

无所知，故只能以无谓事相询。"大纳言入道认输，遂受罚设宴，尽东道之责。

第一百三十六段

医师笃成，曾于故法皇御前伴驾。某次御膳呈上，笃成道："此刻席上各色膳品之汉字写法与功效，但请垂问，臣仅依记忆便可对答。再请御览《本草》核实，可知臣绝无错记。"适逢六条故内府^①来拜法皇，法皇道："有房卿，汝正好借此长长学问。"内府遂问道："请教'盐'字偏旁是？"笃成答道："乃土旁^②。"内府道："阁下学问由此可见一斑，已无须再问了。"旁人尽皆哄笑，笃成满面羞愧，转身退出。

---

① 六条故内府：指内大臣源有房（1251—1319），精通汉学。

② "盐"的繁体字是"鹽"，偏旁应是皿旁。

徒然草绘卷（第一百三十七段） 海北友雪／绘 江户时代

说起月亮，比起满月，还是黎明时刻那姗姗来迟、悄露倩影的月色更具情趣。从山中的杉木间隐约透出的月光，时而隐于云中的娇态，让人铭刻于心，难以忘怀。

画面的中央以金粉绘制云雾。贺茂祭的行列从左上方登场。画面左下方则描绘了祭典结束后人们收拾的场景。画师将这一系列过程流畅地描绘出来。画中的金粉下面还涂有一层薄墨，以此来表现天色渐晚的景象。

第一百三十七段

难道世间唯樱花盛开、月华如水可赏？仰观绵绵细雨怀恋秋月，垂帘幽居不知春行何地，亦深富情致。含苞待放之梢，花零叶落之庭，供人观赏之所尚有许多。和歌序言中常有"欲赏花，无奈花已谢"或"叹琐事缠身，未能往赏花"等句，此类歌未必逊于"赏花而作"之歌。花落月倾，人皆悲惋，已成常情。却有不解风情之俗辈放言："此枝彼梢花尽落，今无花赏矣。"

世上万事，其始与终最有意趣。男女之情，更为如此。两情久长，不在朝暮厮守，或因相会艰难而忧愁，或喟叹誓言不能永终，或长夜难眠直至天明，或天各一方遥寄相思，或身处陋室忆念往昔，凡此诸般历遍，方

雪花月三美人图　铃木其一/绘　绢本着色　静嘉堂文库美术馆/藏

能言了悟爱之真谛。眺月千里外，清辉遍照，不及期待一夜，破晓方显之月更有风情。此际，月色青苍，似悬于深山杉树梢间，又似遮没于集雨云层，皆有趣致。椎树丛生，白樫湿叶上反射月光，望之身心俱佳。如此美景，可惜无知音之友共赏，不觉怀念京都诸友。

　　一言以蔽之，花月之美，非仅限于目前所见。或春日闭门居家，或月夜幽处寝室，用心感其妙韵，亦饶有况味。高雅之人虽好某物，却绝不沉迷，兴致虽高亦能等闲视之。唯乡野村民，力求赏玩尽兴。群聚樱花树下，或直视近观，或饮酒作连歌，最后折下花枝，扬长而去。遇有泉水处，又将手足浸入；逢风雪时，定要踏雪留痕。万物但有景致，绝不远观静赏，非要亵玩一番方才称意。

此等村夫村妇，观贺茂祭之情形，更为奇特。眼见离祭神队列通过时间尚早，其间立于看台上也是徒然，遂入台后居屋中，饮酒食物，又取围棋、双六消磨时光。待看台上留守者急呼"祭祀队列将至"，此辈登时一拥而出，争相挤上看台，互相推搡，掀起快被挤落的看台垂帘，紧盯每一细节，指指点点，评头论足。待队列行过后，又道："等下拨再来。"下台复去。彼等仅知观实在之物。而京都之人意态悠闲，双目若开若闭，不似村野之辈般热衷观览。位低年少者，立于其主身后，亦无踮脚探身伸颈等粗俗状。绝无一人定要切实观览方才甘心。

四处俱挂葵叶，望去甚是清雅。虽天色未明，而牛车已集于观赏之位，相互猜测车中主人身份。牛饲与下仆间也有彼此相熟者，纷纷问候招呼。众车交错往来，车身或光彩或华美，令人百看不厌。等待之际观之，颇能解闷。然一至日暮，成行成列之牛车、拥挤之人群尽数离去，现场稀稀落落。牛车急急归去，看台垂帘坐垫亦收拾不见，眼前唯余一片空寂，使人联想到世间兴衰，唏嘘感慨。遍观大路之情景，方知曾观贺茂祭。

看台前人群熙攘，彼此相识者众，然世人之数非无穷尽，纵吾殁于世人尽死之后，亦不须久待。注水入一大容器，即便细孔仅一，滴水极少，倘长流不断，终有流尽时。京都虽人多，日日俱有辞世者，每日所殁又非一二人。鸟部野、舟冈及其他山野坟场，只有送葬者众多之日，而无无人送葬之日。售棺木者，从不见棺成而闲置。死期不论年幼、体壮，难于预测。似吾这般病躯，竟能苟延至今，实乃不可思议之事。故生于斯世，来日方长之念，万不可有。以双六之石列"继子立"⓪，所置石并列时，起始不知应取何子，依数去除其一，剩余诸子安之若素。但再数再去，反复如

---

① 继子立：经典组合数学题"约瑟夫问题"在日本的变种。"继子立"意为若干财产继承人围立一圈，按特定顺序淘汰一些人，而让另一些人继承财产。

是，诸子终不免尽去。人死亦如这般。武士临阵，知死期已近，故能忘家忘身。然遁世者久居草庵，闲逸于山水间，情境与临阵武士殊异，遂以为死期之迫与己无关，此大愚也！隐居深山，焉能避无常汹汹？临死之虞，与军阵无异。

第一百三十八段

人云"贺茂祭过后，葵叶无用"。故遣人尽去垂帘之葵，此举虽大为乏趣，但高贵者所为，必有其理，不可妄议。周防内侍^①有歌云：

---

① 周防内侍：指周防守平栋仲之女平仲子，大内典侍，历经后冷泉、后三条、白河、堀河、鸟羽天皇五朝。

　　难与佳友齐共赏，葵之枯叶空悬帘。

　　此歌主旨，乃咏唱正殿垂帘上之枯葵叶，载于内侍之家集①中。古歌题记中写有"夹枯葵间以赠"句；《枕草子》亦有"往事可堪依恋者，枯萎之葵叶"句，其间情感，至为亲切；鸭长明《四季物语》亦有"祭后玉帘尚存葵"句。葵叶自然枯萎尚且可惜，何况人为丢弃呢？

　　悬于御帐之药玉②，九月九日以菊取代，菖蒲则在菊之前。枇杷皇太后宫③辞世后，辨乳母④于旧御帐内，见菖蒲、药玉已枯，遂歌道："过季菖蒲根，尚悬御帐上。"江侍从⑤唱和云："菖蒲草亦在。"

---

① 家集：私人和歌集。古日本有不少著名的和歌作品集，如《古今和歌集》等，都是从家集中辑录作品。

② 药玉：本是中国道教所用物品，将玉石镂空，中间放入香料和草药，用于治病提神。传入日本后，变成一种辟邪装饰品，在锦球中放入香料，饰以假花、丝线等，五月初五悬于床帐或榻榻米上方以驱邪。

③ 枇杷皇太后宫：指日本第67代天皇三条天皇的中宫藤原妍子（994—1027）。其容貌美丽，为人喜好浮华，但因未生皇子，在宫廷受到轻视。1027年在病中落发出家，当天即去世，因此无院号，以最后所居的枇杷殿为号。

④ 辨乳母：指藤原妍子的女儿祯子内亲王的乳母。

⑤ 江侍从：指中古三十六歌仙之一，大江匡衡的女儿。古日本女性大多无名，宫廷女官只能以其父兄的官衔为名。

京都的庆典——贺茂祭

贺茂祭又被称为葵祭，起源于钦明天皇五年（约 1400 年前），是京都贺茂御祖神社（下鸭神社）和贺茂别雷神社（上贺茂神社）的祭礼。

关于贺茂祭来源的传说

钦明天皇在位的 567 年，风灾、水灾等灾害不断，国内五谷欠收。当时，人们认为这是贺茂神在降灾。于是，天皇派遣卜部伊吉若日子，在农历四月酉日祭祀了贺茂神，结果当年获得了丰收。819年，贺茂祭正式成为国家祭礼。江户时代元禄七年（1693 年），因为当时参加贺茂祭的游行者和牛车都用葵叶装饰，从此，贺茂祭又被称为葵祭。

贺茂祭的习俗

每年到了葵祭，人们穿着华丽而高雅的服装，装扮成王朝的文武百官，组成巡行队伍。

队伍一般从御所出发，经过贺茂御祖神社，最后到达上贺茂神社，重现平安时期传送天皇谕旨以及供品的浩大场面。

巡游队伍中，级别最高的是腰系金剑、骑在马上的敕使，紧随其后的是供品。最引人注目的是以侍奉神灵的女王的代理人为首的女子队列，从京都市内的未婚女子中选拔，身穿古代宫廷正装"十二单"。

《源氏物语》中关于贺茂祭的故事

《源氏物语》中，源氏和妻子葵姬的感情并不太好，在他们结婚的第十年，葵姬终于有了身孕。由于没有经验，加上内心害怕，源氏对葵姬备加疼爱，夫妻二人互相敞开心扉，幸福终于在二人之间降临。

当年，源氏被安排参加贺茂祭，因为怀孕的葵姬始终打不起精神，家中的侍女们怂恿她一起去看贺茂祭。葵姬后来答应一同出行。

但由于出门太晚，当她们来到会场时，根本没有地方停下牛车来观看祭典的游行队伍。她们旁边停了两辆神秘的牛车，牛车御帘布幔上的刺绣花纹十分精美，由此可以看出车内的人虽然身份高贵，却刻意在避人耳目。后来，有人认出车内正是源氏情人之一——六条妃子。

葵姬的随从中有些年轻人喝了酒，又仗着主人是源氏正妻的身份，便态度强硬地要赶那两辆牛车离开。两辆牛车的随从坚决不让，后来变成了两队人马的争执。最后车位被葵姬一方抢走，两辆牛车只好退到其他牛车之后。

后来，葵姬似乎被恶灵缠身，民间盛传是六条妃子及其父亲大臣的灵魂附身。源氏为此心怀愧疚。不久，葵姬生下一个男婴，也就是后来的夕雾。源氏对葵姬爱怜不已，葵姬也有意与源氏培养感情。有一天，宅邸中的男性都去上朝，六条妃子的生灵突然袭击葵姬，葵姬当场暴毙身亡。

葵姬的遗子夕雾交由葵姬的父母抚养长大，后来他成为太政大臣，位极人臣，壮大了源氏一族。

徒然草绘卷（第一百三十九段） 海北友雪／绘 江户时代

在本图中，画师将兼好文章中所写的各种草木，大体按照季节的顺序从右到左依次描绘。在宅邸的附近种植梅树，源自镰仓时代前期的歌人藤原定家。据说定家有言："一重之梅，春时凌寒独开落。其先于万物之姿，风雅至极。"于是，他便在屋檐附近种植了许多梅树。

第一百三十九段

宜于家宅所植之树：松与樱。松以五叶妙，樱以单瓣美。八重樱往昔唯奈良之都曾有，近时各地已多。吉野之花、左近之樱^①皆单瓣。八重

---

① 左近之樱：皇宫紫宸殿南面台阶前左侧所植樱花。

樱乃异种之物，花瓣重叠，失之简淡，不植也罢。迟开之樱，亦不宜栽植。生虫之樱更使人不悦。梅以白、浅红为佳。单瓣梅早开，八重红梅暗香浮动，皆情致深蕴。迟开之梅正逢樱花盛放，自然劣于灿烂樱花，风姿大减，凋零枝头，凄凉难言。京极入道中纳言①云："单瓣梅早开早谢，其趣在于心急。"此即其于近轩处栽植单瓣梅之理由。京极之屋南面，迄今犹存两株单瓣梅。柳树亦有趣致。卯月枫树嫩叶，远胜万花红叶。橘、桂树，以古久及茂盛为佳。

---

① 京极入道中纳言：指镰仓前期公卿、歌人藤原定家（1162—1241），官至正二位权中纳言，七十岁时出家。其一生最大成就，是参与编撰《新古今和歌集》。入人歌风带有强烈的唯美主义倾向，诗作"余情妖艳幽玄"，色彩浪漫梦幻。

至于草类，数山吹、藤、杜若①、抚子②最妙。池中则莲佳。秋草则荻③、芒草、桔梗、萩④、女郎花⑤、藤袴⑥、紫苑⑦、吾亦香⑧、刈萱⑨、龙胆⑩、菊、黄菊等皆可。茑⑪、葛、朝颜⑫等俱是矮木，沿低墙栽植即可，莫使其繁滋。此外世间罕有者、唐名听来难解者、不常见之花等，皆不必亲近。

一般而言，凡珍稀难求之物，无品位教养者必趋之若鹜。此类物事，不如没有。

第一百四十段

身死遗财，智者所不为。贮财货乃大蠢事，

---

① 杜若：多年生直立草本，叶似姜，花赤色。
② 抚子：原名瞿麦，石竹科石竹属多年生草本植物。茎丛生，直立，全草可入药。
③ 荻：禾本科，荻属，俗称荻草、霸土剑，系多年生草本水陆两生植物，属多用途草类。
④ 萩：又名胡枝子，蝶形花科，属落叶灌木。花色紫白，是代表秋季的美丽花朵。
⑤ 女郎花：即苦菜花，中药里称为"败酱"，因其所开之花带有些许腐烂豆酱的味道。据传说，有女郎因男子薄情而投河，衣裳朽坏之后化为此花，遂有败酱气味。日本诗人常以之为意象，题咏甚多。
⑥ 藤袴：秋七草之一，群生于原野中，细长的茎上，开满无数小花，花为浅紫色，叶子有清香。古时日本人将其叶置于小袋中，然后挂在裤带上，所以名字中有个"袴"字。
⑦ 紫苑：又名紫菀、青菀、紫茜、返魂草、夜牵牛等，为多年生草本植物，五六月开紫白花。
⑧ 吾亦香：中国称玉豉、地榆，蔷薇科地榆属植物，多年生草本。根粗壮，花色红紫。
⑨ 刈萱：禾本科多年生草本植物，叶似长线，须黄白。
⑩ 龙胆：多年生草本植物，是重要的药用植物，其根茎可入药。花形花色绚丽多姿，适于观赏。
⑪ 茑：又名地锦，落叶小乔木。茎攀缘树上，花淡绿微红，果实球形，味酸，可酿酒。
⑫ 朝颜：即牵牛花，一年或多年生草本缠绕植物。其花酷似喇叭状，因此也叫喇叭花。

徒然草绘卷（第一百四十段）　海北友雪/绘　江户时代

　　图中所绘的名为"唐柜"的带脚收纳箱中堆满了各式各样的古董。将这类物品作为遗产流传于世是不光彩的。与其决定在自己死后把各种物品赠予他人，不如在生前就让给别人。

而费心于书籍文物，亦是虚缈。生前积藏众多，实为苦事。身后又不免遭声称"必要归吾"之徒争夺遗产，愈显丑态。若欲留物予人，最好在世时便予。平日间除朝夕必需品外，他物皆不必强求。

第一百四十一段

　　悲田院尧莲上人，俗姓三浦，为无双武士。某日故乡有人造访，闲谈时说道："吾妻 ① 之人言而有信，京都之人却心口不一。"尧莲上人辩道："阁下所想，不能苟同。贫僧久住京中，亲身体察，从未觉其人心性不端。京都中人品格纯良，素富人情味，他人所求之事，一向不忍断然拒之，但又无法一口应承，只得勉强答允。其本心并非刻意虚伪，实是穷乏无力，以致时常不能依本意兑现承诺。吾妻之人系贫僧乡亲，大多不善应酬，人情寡淡，又心直口快，人有所求，若觉无法办到，便直言回绝。只因关东富庶，故为人所信赖。"吾见上人言语多关东乡音，用词鄙陋，原以为其于佛典妙理未必彻悟。然今时闻此一言，深为所动，方知上人品性崇高。其之所以被众僧推为一寺之主，或许便是受益于内心淳厚温和之故吧！

第一百四十二段

　　貌似无人情味者，偶尔亦有一言可取。某僻壤武士举止粗俗，样貌凶狠，某次问旁人道："汝可有子？"答："无一人。"武士道："若如此，恐不识人间亲情，阁下之心料来冷酷，可惧也！须有子嗣，方明世间人情。"此言大是有理。不识恩爱之道，焉能有慈悲之心？对父母无孝养心者，唯待其有子，方知双亲之苦心。

　　舍世之人了无牵挂，万物俱不萦怀，常鄙视受家小牵累而谄媚多欲者。此举大错。若设身处地，以彼心境思忖，为挚爱之双亲妻子，即便忘

---

① 吾妻：又写作"吾嬬"。日本武尊东征时，来到碓日坂，在这里想起了为他牺牲的妻子弟橘媛，于是登上碓日坂的山头向东南方眺望，三叹曰："吾嬬者耶！"（我的妻子啊！）因此，该山以东各国被称为"吾妻"，泛指日本东部地区。

耻为盗，亦心甘情愿。是故，与其缉捕盗贼，责其作恶而治罪，不如大治天下，令百姓无饥寒！无恒产者无恒心①，人穷为盗，世无安泰则不免冻馁之苦，罪徒亦难绝。使民深陷苦境而犯法，再治以罪，实可悲也！

然而如何方能惠泽苍生？上止奢靡，抚民劝农，则下得实利无疑。倘衣食温饱，仍行恶事，则为真正之盗贼。

第一百四十三段

人辞世时之模样，听闻上佳者，乃静而不乱，此最可向往。愚者常热衷于以临终面相，穿凿附会些异事。又从己所好，肆意夸赞逝者生平，此举实大违逝者平素本意。

临终大事，权化②之人亦难确定，博学之士亦未可测。评价逝者，不可依自身见闻妄议。彼只需生前无愧于心，身后种种是非，其实皆不必在意。

江口君与西行法师
宫川长春/绘　江户时代
东京国立博物馆/藏

第一百四十四段

栂尾上人③行经河畔，耳闻河中为马洗刷之男子道："脚，脚！"上人

---

① 典出《孟子·梁惠王上》："若民，则无恒产，因无恒心。"
② 权化：化现、应现之意。谓佛菩萨为济度众生，以神通力权现化现各种形态于人间。
③ 栂尾上人：指镰仓时代高僧明惠上人（1173—1232）。1206年受后鸟羽上皇敕赐，在栂尾山修高山寺，中兴华严宗。

登时驻足道："当真令人感动。彼应系宿执开发①之人，竟频诵'阿字''阿字'②。请问此乃谁家之马？至为可敬！"答："乃府生殿之马。"上人欢喜流泪道："诚佳事也！阿字本不生③，妙哉结善缘！"

第一百四十五段

御随身④秦重躬，言及北面武士下野入道信愿时，道："彼具落马之相，当谨慎戒惧。"信愿毫不以为意，后果落马而死。秦重躬精通骑术，一语如神。有人问："何为落马之相？"答："桃尻⑤而好沛艾⑥之马，此即落马之相。由今观之，果然无误。"

第一百四十六段

明云座主⑦偶逢相士，问曰："吾可有兵仗之难？"相士答："确有此相。"又问："此言怎解？"答曰："阁下座主之尊，原无须忧心伤害。却

---

① 宿执开发：前生执行善根功德，今世开发而结善果。
② 日文中"脚"写为"あし"，河中洗马者是叫马抬脚，但上人却错听为"あじ"（阿字）。阿字是梵文最初的字母，本义为"无"，汉译"不生"，即宇宙的元初根本，最具法力。密宗认为观想此字，能得无生之旨，达诸法空，断一切障。
③ "府生"与"不生"在日语中音近，上人又听错了。
④ 御随身：上皇、摄政、关白的随身称为御随身，负责在出行时警卫。
⑤ 桃尻：臀部如核桃。
⑥ 沛艾：马头摇动。晋潘岳《藉田赋》："金根照耀以炯晃兮，龙骥腾骧而沛艾。"唐严维《奉和刘祭酒伤白马》："沛艾如龙马，来从上苑中。"
⑦ 座主：佛教语。谓大众一座之主。犹言上座、首座。

徒然草画帖（第一百四十五段） 住吉具庆／绘 江户时代

画面中秦重躬看到一个信愿骑马而过，从马的动作上可以看出信愿将要落马。

徒然草画帖（第一百四十六段） 住吉具庆／绘 江户时代

画面描绘了明云座主被箭射中落马而亡的场景。

心萌此念，询于相者，恐系大难之先兆也。"果不其然，明云座主终亡于
箭矢。

第一百四十七段

近年来有人言：多用针灸疗身，针眼遍体，污秽之身不得参与神事。
此语于格式^①却不见记载。

第一百四十八段

年过四十者，施针灸疗疾，若不灸三里穴，气血将反冲上顶，是以必
灸之。

第一百四十九段

切勿将鹿茸置于鼻前嗅闻。因鹿茸中有小虫，自鼻孔钻入后，能食
人脑。

---

① 格式：以诏书形式颁布的各种政令。这些政令都是对原有律令
的修改和完善。修改后的律令称为"格"，具体的实施细则叫
"式"，两者统称为"格式"。

徒然草绘卷（第一百五十段）　海北友雪／绘　江户时代

　　水滴石穿。铁杵成针。即便最初被揶揄为笨拙，只要志存高远，严格律己，不懈努力，总有一天也能成为人上之人。

第一百五十段

　　世人常言："欲学艺者，技艺未精纯时，当不动声色，深自苦练，直待技成，再示于人前。如此方为稳妥之道。"然赞同此语者，必一技无成。技艺不精时，混迹名家中，任其责骂讥讽，不以为耻；于他人非议亦能泰然处之。即便并无天赋，然奋力砥砺，不拘陈法，复不我行我素，日积月

徒然草画帖（第一百五十一段）　住吉具庆／绘　江户时代
　　兼好法师认为，每个人都应该在年轻的时候精通一种技能，到老年时才活得有闲、洒脱。画面中有五个人，他们都有自己擅长的技艺，这也是兼好法师所提倡的。

累，必定胜过懈怠之辈，脱颖而出，跻身名家之列，德艺双馨，赢得无双之名。

　　天下称名家者，起始多有不堪之评，更有极劣之瑕疵。但彼等恪守正道，不放任自流，终成世之楷模、万人师表。此放之诸业，皆为不变之理。

第一百五十一段

某人云:"年至五十仍不能精通一技,可弃矣。"此言甚是。勉强习之,亦难有所成就。老者行事,虽不致受嘲,但夹杂人群中,殊不体面。人到老年,须抛俗务,唯以有闲、洒脱为重。令人望之得体,至关紧要。穷有生之年而羁于俗事,最是愚蠢。欲习某技,当勤勉向学,不过明其大旨即可,不必辛苦钻研。倘起始便无求知欲,更是绝佳。

第一百五十二段

西大寺①静然上人腰偻眉白,诚有得道高僧模样。某日上人往大内觐见,西园寺内大臣殿②赞曰:"此相貌当真可敬!"仰慕之情溢于言表。资朝卿③从旁谓曰:"徒仗年老耳。"

后日,资朝卿命人献脱毛老犬于内大臣,云:"此相貌亦可敬也!"

第一百五十三段

为兼大纳言入道④遭捕,在武士围押下,往赴六波罗⑤。至一条大道,

---

① 西大寺:又称高野寺、四王院,南都七大寺之一,位于奈良西郊,为日本真言律宗总本山。

② 西园寺内大臣殿:指镰仓时代公卿、歌人源实衡(1290—1326),1324年任内大臣。

③ 资朝卿:指从三位权中纳言藤原资朝(1290—1332),冢号"日野"。

④ 为兼大纳言入道:指镰仓后期公卿、歌人京极为兼(1254—1332),本姓藤原,著有《玉叶和歌集》。因与当权的北条氏争执,两度被流放。

⑤ 六波罗:位于京都东山区,因六波罗蜜寺而得名。是镰仓时代掌握西部地区行政、司法大权的重要机关六波罗探题的所在地。

资朝卿见之，喟然道："诚可羡也！人生一世，若得如此际遇，无憾矣！"

第一百五十四段

此资朝卿，曾于东寺门下避雨，彼处群集多残疾者，或手足扭曲，或背驼身畸，样貌皆非常人。资朝卿初见之下，饶有兴致，目不转睛。片刻后，突起悲悯之心，顿时兴尽，不敢再望，心头抑郁不快。转念想世间珍物，莫过于天然无畸变者。待到归家，见平素所喜之盆栽，实乃以异样曲折而博人玩赏，与畸人如出一辙。一念及此，兴味全消，遂将盆栽植物，悉数挖出丢弃。

此举大妙！

第一百五十五段

于俗世中欲立业者，当以知时机为先。不识时机，则逆人耳，违人心，事事难成。故须用心留意时机。然患病、产子、辞世等三事，勿论时机，彼不因时机不佳而止。成住坏空①之转变，乃切实大事，如洪流涨溢迅猛，滔滔奔涌，片刻不停。无论真俗②，欲遂心立业，于时机概不必论。

---

① 成住坏空：即佛教四相。"成相"指产生；"住相"指暂时安住世间；"坏相"指变异、衰损；"空相"指空无时期。
② 真俗：佛教有真谛、俗谛之说。谛，谓真实不虚之理。"真谛"又称胜义谛、第一义谛，即出世间之真理；"俗谛"又称世俗谛、世谛，即世间之真理。

徒然草绘卷（第一百五十五段） 海北友雪/绘 江户时代

　　四季的变化并不是清晰地将一年分成四等份，而是渐渐向下一个季节过渡。即使是秋天，一旦到了小阳春（阴历十月时风和日丽），梅花便会长出花蕾；树叶凋落后，又会生出新芽。"生老病死"更是突如其来，比季节的更替还要迅速。

莫徘徊观望，莫裹足不前。

　　四季更移，非春暮夏至，夏尽秋来。春时催发夏气，夏初已贯秋霜，秋至则寒气渐临。初冬十月有小春天气，草青而梅含苞。树叶之落，非先落叶，而后发新芽。乃因新芽萌发，旧叶不得不落。迎新之气潜于下，新陈代谢甚速也。生老病死之更迭，与之相较，有过之而无不及。四季之序犹有定，人死之期难预料。死非面前来，而系身后迫。世人皆知不免一死，却不思虑死在顷刻，不经意间便至。譬如海中沙洲，遥望甚阔，然涨潮之时，转眼即被海浪吞没。

第一百五十六段

大臣之大飨^①，须由本人出面商借合适场所。宇治左大臣殿^②定于东三条殿。因系大内皇居，故恭请天皇届时临幸他所。即便无姻亲关系^③，亦有借用女院^④御所之古例可循。

第一百五十七段

取笔则欲书，执乐器便欲使其发声；举杯则思酒，持骰子便思赌。心思俱由外事触发，故不可有不良嗜好。

钻研佛经，重点仅见一句，若观前后文，或能顿改多年之非。假使未展经而读，则己误何能知之？此即触物有益。纵无修道之心，如于佛前数珠诵经，虽消极懈怠，亦能修得善业^⑤；即便心境散乱，倘坐于绳床^⑥，不觉间亦可禅定^⑦。

---

① 按日本古时惯例，某人出任大臣后，须设宴招待同僚，称为"大飨"。
② 宇治左大臣殿：指平安后期左大臣藤原赖长（1120—1156），绰号"恶左府"。
③ 赖长有一女名多子，嫁予近卫天皇为皇后。
④ 女院：拥有天皇所赐院号的贵族女性，一般为三后（太皇太后、皇太后、皇后）或身处相等地位的女性。
⑤ 佛教把身、口、意三方面的活动称为"三业"。这些"业"又分为善、不善、非善非不善三种，能引起善恶不同的报应。"善业"指行五戒十善等善事，可得到善果的业因。
⑥ 绳床：僧侣坐禅修行用的轻便坐具，用粗绳编成。
⑦ 禅定：佛家的调心之法，其目的是让混乱的思绪平静下来，专注一境，突破一切生理、心理及潜意识的障碍，以进入诸法真相的境界。

徒然草绘卷（第一百五十七段）海北友雪／绘　江户时代

　　在画面上部所描绘的室内，摆放着砚台盒、双六棋盘、琵琶、琴等。位于画面左侧的，从屋檐艳丽的颜色来看应该是佛堂吧。只要一直在僧侣左右听经诵佛，就算是精力分散，也会有所收获。

　　事理原不可分，不背外相^①，内证^②必熟。故外相所为，不可一概不信，当仰而尊之。

---

①　外相：一切外在的有形象的事物。

②　内证：内心的觉悟。

徒然草绘卷（第一百五十八段）　海北友雪／绘　江户时代

在野外铺上红色毛毡和席子，宴会便开始了。在本段文章中，兼好所指的被问到为何要倒掉酒杯中剩下的酒的人是他自己。在画中，手持酒杯的贵人口中所说的法师，应该也是兼好。

第一百五十八段

某人问："舍杯底之酒不饮，此事何解？"吾答："此谓'凝当'。杯底凝结残渣，自当弃饮。"彼复言："谬矣。此实则谓'鱼道'，留些许残酒于杯底，乃为涤清酒杯与口唇相触处。"

第一百五十九段

有贵人云："所谓'蜷结'①，系因重叠丝绳作结，形似蜷贝，故得此名。"然发音"にな"，有误。

第一百六十段

门上悬匾额，称"うつ"②，不妥。勘解由小路二品禅门③称之为"额悬くる"。将搭看台称为"見物の栈敷うつ"，亦有不妥。一般说"搭天棚"或"建看台"。

---

① 蜷结：一种细长结，用在衣裳上作装饰。
② "うつ"意译为"打"，在日文语境中，可延伸多种含义。
③ 勘解由小路二品禅门：指从二位宫内卿、世尊寺流书道大师藤原经尹。

渔夫图 铃木其一 / 绘 绢本着色
东京都板桥区立美术馆 / 藏

花隐樱花帖　广赖花隐／绘　江户时代后期（约1824年）

　　作为春天的象征，在春天樱树上会开出由白色、淡红色转变成深红色的花。樱花深受欢迎，在日本广为种植，在现代被日本人视作日本的的精神象征。

　　"焚护摩[①]"之说法亦有误，应为"修する""护摩する"等。

　　清闲寺僧正云："'行法'之'法'字，发清音不妥，当发浊音。"

　　日常用语中，如以上情况者颇多。

---

① 护摩：梵语音译，意为焚烧、火祭，或译作火祭祀法、火供养法，是一种在火中投入供物作为供养的祭法，在日本密宗中是重要的修法。其寓意为以智慧火烧烦恼薪，以真如之性火焚尽内外魔害。

第一百六十一段

樱花花期，有言自冬至起一百五十日，也有谓时正①后七日。但若言立春起七十五日，亦大致不差。

第一百六十二段

遍照寺之承仕法师②，平日常饲池鸟。某次，其于堂内撒饵，开一门引无数池鸟入堂，随后关门入内，大肆捕杀。有刈草孩童闻鸟声哀哀凄鸣，急告村人。村中男子齐聚，由四面涌入法堂。见众多大雁正惊惶挣扎，法师于雁群中抓捕，残酷虐杀。村民遂捕法师，押送至使厅③。使厅判决：将法师捕杀之鸟，悬于其颈，而后入狱囚之。此事发生于基俊大纳言任别当④时。

第一百六十三段

太冲⑤之太字，带点或不带点，于阴阳师⑥间常有争论。对此，守亲入

---

① 时正：即春分，排二十四节气之四。这一天阳光直射赤道 昼夜几乎相等。
② 承仕法师：寺中负责杂务的僧人。
③ 使厅：即检非违使厅，日本古代负责维护治安、缉拿犯人、管理风俗、诉讼裁判等事务的机构。
④ 别当：此处指检非违使厅的长官。
⑤ 太冲：阴阳道对九月的别称。
⑥ 阴阳师：精通阴阳术的专家。他们不但懂得观星宿，相人面，还会测方位，知灾异，画符念咒，施行幻术，化解诅咒。借由森罗万象的卦卜和神秘莫测的法术，阴阳师成为上至皇族公卿，下至黎民百姓的有力庇护者。

道曾云："吉平①亲笔所书占文之背面，留有天皇御记，存于近卫关白殿处。其中'太'字即带点。"

第一百六十四段

世人相会时，必然言语甚多，无片刻静默。若闻其事，多属无益之谈。诸如世间之谣传、他人之是非等，于己于人皆是得少失多。只是交谈之际，无论听者言者，彼此心中都未必知晓此乃无益之事。

第一百六十五段

东国②之人与京都之人相交，或京都之人往东国安身立命；又或显、密③僧人，离本寺、本山，凡如此这般，弃旧俗而相交外人者，皆格格不入，令人观之不快。

---

① 吉平：指平安时代的阴阳博士安倍吉平（954—1026）。他是日本历史上最著名的阴阳师安倍晴明的长子，得宠于权贵，专门负责为天皇及贵族占卜和举行祭祀仪式。

② "东国"是古日本的地理概念，广义指现在的东京、茨城一带；狭义指奈良以东、东北以南的广大地区。

③ 大乘佛教分显、密二宗，天台宗为显宗，真言宗为密宗。

徒然草绘卷（第一百六十四段）　海北友雪/绘　江户时代

　　图中所绘的人物大概是在道路上擦肩而过的两人吧。两个人满脸真诚，谈得入迷。但是两人之间的距离却生出一种寂寞之感。或许，用空虚来形容更为恰当吧。整个画面仿佛在诉说着两人之间的对话徒然无趣。

徒然草绘卷（第一百六十六段） 海北友雪／绘 江户时代

　　图中，头戴大斗笠的男子正在将雪堆成达摩、布袋和尚、狮子的样子。就像雪佛不断消融那样，人的寿命也在不断减少。兼好常常思索，在有限的生命中人类究竟该如何生存。图中，雪的纯白与太阳的鲜红对比鲜明，冲击着人们的视觉。

第一百六十六段

　　观人间熙熙攘攘，皆如春日堆雪做佛，又为佛装点金银珠玉，建佛堂宝塔。待到堂塔建成，雪佛焉能入置？人生便如雪佛，自下逐渐消融。可叹于此期间，蝇营狗苟图得利者，何其多也！

第一百六十七段

　　精于一行者，出席本行以外聚会，道："哎呀，倘此道吾亦精通，便不致只能旁观了。"另有人口中不语，但心中所想也是这般。此虽人之常情，但并不足取。若钦慕己身未识之道，当言："甚可羡也！可惜吾往昔未学。"以自身专长与人较高下，犹如长角而抵、利齿而啮。

　　人应以不夸善、不争物为德。若存胜人之心，大过失也。出身高贵也好，才艺过人也罢，先祖虽有盛誉，倘轻藐他人，纵未宣之于口，内心亦有可责咎处。故应谨慎，以忘己优为上。受人讥嘲，遭人刁难，甚至于惹祸上身，无不因傲慢之心。凡真正精通一道者，皆明己非，志常不满，故于人前亦不自满。

第一百六十八段

　　年老之人而精通一技，他人提及时，常言："待彼谢世，则无人可请教此技矣。"此言内之意，乃谓此老一生有意义，并未虚度。然正因其有一技，使其老而不得闲，终生埋首其间，却又无甚意义了。彼若能于奉承之后，答曰："此技今俱已忘"，那便甚妙。一般而言，虽精某技，然喜好夸夸其谈者，绝非高才。而自谦"并不甚堇"者，反令人有行家之感。自身不谙之事，却倚老卖老，强充内行，他人因其年老，明知其胡言谬误，却不便直指其非，听来实在难受。

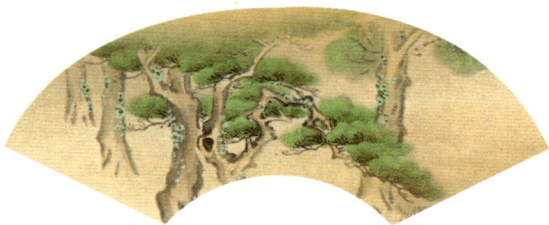

第一百六十九段

　　人云："所谓'某事之式①'，后嵯峨天皇御宇前并无此说法，近时方有。"然建礼门院右京大夫②记叙后鸟羽天皇即位后，再次成为女官，入宫侍主的经历时，曾写道："世上之式无变矣。"

---

① 式：定式、规范、惯例。
② 右京大夫：指侍奉高仓天皇皇后建礼门院的女官。

徒然草绘卷（第一百七十段） 海北友雪/绘 江户时代

图中所绘为著名隐者"竹林七贤"之一阮籍之家。据说他会根据来访之人不同而改变态度，留下了"青白眼"的典故——对不满之人以白眼相对，态度冷淡；对中意之人则青目以对，笑脸相迎。大家对这样的行为大概都感同身受吧。

第一百七十段

无紧要事而拜会他人，不妥。即便有事而往，事了后当立时归返。长留他人居所，惹人厌烦。

对坐晤谈，言词必多，累身劳心，万事难谐，徒费光阴，于彼此皆无益处。但厌烦来客时，亦不可有搓手顿脚之语。倘不欲再谈，当坦然直言。若情趣相投，引为知己，愿相对欢洽，又逢俱有闲暇，则可道："请再留一阵，今日可静心长谈。"如此则另当别论。阮籍青眼①，人皆有之。

无事来访，长谈有益之学，而后归去，此举上佳。或致信云："未蒙赐教久矣。"对方见了也必心喜。

---

① 见《晋书·阮籍传》："籍又能为青白眼。见礼俗之士，以白眼对之。及嵇喜来吊，籍作白眼，喜不怿而退；喜弟康闻之，乃赍酒挟琴造焉，籍大悦，乃见青眼。"成语"青眼有加"即出自该典故。

第一百七十一段

玩合贝①游戏者，常置身前之贝而不顾，反环视别处。当目光游移于他人袖下、膝下之际，面前之贝已遭他人合去。精于合贝者，难见其取他人之贝，唯注目于近身之贝，故所合数最多。棋盘之一隅置石，瞄对面之石弹射，往往不中；倘瞅准手边之石，直弹附近星位②，则必中对面石子。

万事皆无须外求，专注致力于身旁之事即可。清献公③曾云："但行好事，莫问前程。"治国经世之道亦如此。内政不谨、轻忽随意、滥权妄为，则远国必叛。此时再谋对策，正如医书所言："迎风眠湿，病而求告神灵，痴愚也！"此等人不明消愁当于目前，普施惠泽，厉行正道，自然德被四方。禹远征三苗，不如班师而敷德④。

---

① 合贝：日文写作"貝合わせ"，始于平安时代的一种多人游戏，以觅得成对蛤壳最多者为胜。
② 星位：围棋棋盘上有横竖各十九道平行线，构成三百六十一个交叉点。其中有九个交叉点用大黑点标识，以方便定位，这九个黑点被称为"星位"。
③ 清献公：指北宋名臣赵抃（1008—1084），为官刚正不阿，时称"铁面御史"。因反对王安石新法，被贬为杭州知州，死后谥号清献。
④《尚书·大禹谟》："三旬，苗民逆命……班师振旅。帝乃诞敷文德，舞干羽于两阶，七旬有苗格。"

徒然草绘卷（第一百七十一段） 海北友雪／绘 江户时代

　　所谓"合贝"，指的是找寻成对蛤壳的游戏，类似于扑克牌游戏"神经衰弱"（不断翻牌，寻找成对卡牌的游戏）。由于贝壳只有成对的才能合在一起，于是被当作夫妻和谐圆满的象征。在江户时代，镶有贝壳的道具被认为是举行婚礼时必备的用品。

第一百七十二段

　　年少时血气旺盛，易心动于物，情欲多有。此际身危，正如转珠易

卒都婆之月　月冈芳年／绘　《月百姿》　明治十九年（1886年）

图中的老妇人是平安时代的小野小町，昔日她才貌双绝，如今却穷途落魄。

碎。好美物^①而靡费财宝，弃俗世而着缁衣，逞强斗勇与人争物，因技不如人而心中既耻且羡，凡此种种，喜好每日不定。或沉溺色欲、意乱情迷，因小义而误百年身；或效他人壮烈事，舍身捐躯，不思全身久命；或心有所嗜，而成世人长久谈资。误身之事，皆年少时所为也。

人老而精神衰，情欲转淡，无所动于外物。心既静，自不为无益之举。惜身、解愁、不烦他人。老年之智胜于年少，恰似年少姿容胜于老年。

第一百七十三段

小野小町^②事迹，难确定之处颇多，其老衰境况，见载于《玉造》一书。此书据言系清行所撰，却收录于高野大师^③著作目录中。大师圆寂于承和年间，小町盛年貌美，乃是大师逝后之事。故依旧难以说清。

第一百七十四段

若将适合小鹰狩^④之猎犬，用于大鹰狩^⑤，此犬与小鹰势难再合。逐大舍小，果然举目皆是。人生可为之事甚多，至有深味者，莫过于潜修佛道，此方实在大事。人一度闻道而立志勤修，则何事不能废？尚有何业可为？即便愚顽之人，其智亦不应劣于伶俐小犬。

---

① 美物：指一切美好之物，美女、美食、华服、大屋等。
② 小野小町：平安初期女歌人，六歌仙之一。她是当时的绝色美女，才藻艳逸，芳名远播。早年曾在宫中侍奉，36岁时出宫回乡定居。
③ 高野大师：即弘法大师（774—835），法名空海，密号遍照金刚，日本佛教高僧。弘仁七年（816年），在高野山创立真言宗。
④ 小鹰狩：古日本贵族、武士于秋季纵小鹰进行的狩猎。
⑤ 大鹰狩：古日本贵族、武士于冬季纵大鹰进行的狩猎。

第一百七十五段

　　世事诸多不可理喻。但凡有事，必先劝酒，以迫人强饮为快，不知缘何如此。被强灌者面色难堪，蹙额皱眉，欲趁人不备弃杯逃席，却遭捉住，再被强灌。致使原本稳重者忽成狂人，举止疯癫；无疾者顿成大病之人，不辨前后，倒卧当场。倘恰逢喜庆之日，发生此等事必令人目瞪口呆。待到次日，头痛欲裂，不能进食，卧床呻吟，昨日之事恍如隔世，悉数忘却，公私大事皆误，于己于人诸多不便。使人遭此苦事者，慈悲、礼仪俱缺；而身受此苦者，对迫使饮酒之人，岂无怨恨？若仅异国有此恶习，而本国无，则本国之人闻此劣事，定觉不可思议。

　　醉酒者之模样，实在令人望而生厌。向来深思熟虑且有修养者，此际亦放肆笑嚷，胡言不休；乌帽斜戴，衣纽开敞，裤管高卷，露出腿肚，恣意妄为，体统全无，言行较平日截然不同；更有女子，额发撩起，搔首弄姿，手持酒杯浪笑娇嗔；无教养之下等人，更填肴入他人口，自身亦吞他人塞来之食。种种丑态，不堪入目。席间人人声嘶力竭，各个手舞

徒然草绘卷（第一百七十五段）　海北友雪／绘　江户时代

　　宅邸内一片狼藉。满脸通红的男子大概是再也喝不下了吧，拼命想要从这里逃开。画面中还可以看到倚靠着柱子沉睡的男子。庭院里则可以看到忍不住想要呕吐之人，以及衣衫不整、被别人搀扶着摇摇晃晃往回走的法师。所有的场景都表现了"酒的功过"中罪过的一面。

　　与上图中的"罪过"相对，下图表现了酒的"功劳"。总是受人敬仰的高贵之人，从御帘之内优雅地赐予下人佳肴和美酒的场面着实让人心生感激；冬日，在狭窄的房间里，同伴们围坐在一起，一边用炉火烹饪美食，一边开怀畅饮，实在是快乐非常。与上图中烂醉如泥的人们相比，下图中人们的神情是完全不同的。

足蹈，又召来年老法师助兴，赤膊污黑，身躯扭摆，令人视之生恶。即便饶有兴致者，亦觉其行可憎。此外，醉酒者中尚有自吹自擂，强迫旁人倾听者；又有因醉而啼者；更有下贱者谩骂吵闹、动手动脚，令人既惊且恐。总之，放眼俱是可耻可叹之事。更有甚者，强夺他人物品，或丢弃屋檐下，或从马上、牛车上掷下。有身份乘车者却不乘车，步履跟跄行于大路上，向土墙、门下行便溺丑事。年老法师身披袈裟，扶小童肩膀，一面胡言乱语，一面东倒西歪，实在可叹。

如此折腾，若有益于今生来世也就罢了。事实却是于今生则多误，失财、染病，不一而足。酒虽为"百药之长"[①]，然诸病皆由酒起。酒虽能忘忧，醉酒者却常忆起苦事而垂泣。于来世而言，酒可使人失智慧，善根如火烧，增恶破诸戒，堕落地狱。故佛说："持酒器予人饮者，五百世无手。"

酒虽讨嫌，亦有难舍之时。月夜、雪朝、花下，悠哉谈笑，举杯略饮，添兴不少。无聊之日，亲朋忽然造访，小酌数杯，大是宽怀。于贵人宅邸，自御帘中端出酒食，大方高雅，感觉亦佳。冬日于斗室中，支炉煮食，与密友相对而坐，无拘无束痛饮美酒，亦人生快事。于旅屋或山野间，口言"且饮一杯"，径坐草地而饮，实快活事。苦于不能饮者，勉强略饮些许，也有妙趣。若席间有贵人举杯道："可再饮一杯，饮尽此酒。"闻之更使人开怀。欲结交之人，若酒量不浅，正好可觥筹交错，亲密融洽，又是乐事一桩。

能饮者本身无罪过，反倒天真可喜。醉卧他宅，酣眠不起。至清晨主人拉开障子，似醒非醒间手忙脚乱，细髻蓬发，衣裳抱于手中尴尬而去。望其高提衣裾之背影及毛茸小腿，大有趣致，与酒后模样甚合。

① 出自《汉书·食货志》。

叡岳暮雪　山田直三郎 / 编　《雍府画帖》

第一百七十六段

　　黑户①之由来，系因小松御门②登基之后，对往昔为臣子时，常至此处煮炊嬉戏不能忘怀，遂仍旧驾幸炊饪，燃薪日久，烟熏火燎，故得名"黑户"。

①　黑户：指位于清凉殿北、弘徽殿北廊西的黑户御所。
②　小松御门：指日本第58代光孝天皇。因出生于小松殿，故有此称。

暮雪　歌川国贞／绘　《江户八景》　江户时代

第一百七十七段

　　镰仓中书王^①府邸行将蹴鞠，庭院却雨后未干。众人齐聚，就解决之法各抒己见。佐佐木隐岐入道^②以车运来锯屑，撒满庭院，泥泞之患遂除。能于平素留意多积锯屑，用心可贵，众人皆受感动。

---

① 镰仓中书王：指后嵯峨天皇长子中务卿宗尊亲王（1242—1274）。
② 佐佐木隐岐入道：指隐岐守佐佐木政义（1208—1290）。

此事后来又再提起，吉田中纳言①道："难道不曾预备干沙？"赞成用锯屑者顿感惭愧。原以为用锯屑之法大妙，哪知却是下策。担当庭院清洁者，常备干沙待用，乃古来惯例也。

第一百七十八段

某贵胄家中武士，赏内侍所御神乐，向人云："此宝剑某大人曾持。"御帘中有一大内女官，闻言自语道："别殿行幸之际，所持的是昼间御座上的宝剑呢。"真是令人钦佩。原来此女官乃宫中资深典侍②也。

第一百七十九段

入宋之沙门③道眼上人持来一切经④，安置于六波罗蜜烧野之地。其中

① 吉田中纳言：指镰仓末期公卿万里小路藤房（1296—1380），1331 年任中纳言。
② 典侍：是宫中尚侍所的次官。当尚侍正式成为嫔妃后，典侍的地位上升，成为尚侍所的最高女官，并同时接替尚侍负责的奏请、传宣职司。
③ 沙门：又作娑门、桑门，出家者的总称。
④ 一切经：原为一切佛教圣典之总称，其后专指汇聚经、律、论及其他佛典而成的丛书。又称"大藏经"或略称"藏经"。

《首楞严经》最常讲，所在寺院号为那烂陀寺①。此圣僧道："天竺那兰陀寺大门朝北，据传乃江帅②所言。然《西域传》③《法显传》④中却不见载。江帅何等才学，竟有此说，可疑也。不过唐土之西明寺，大门朝北勿论。"

第一百八十段

左义长祭⑤，系由真言院持正月使用之毬杖，至神泉苑焚烧之仪式！祭仪中，众人所唱"法成就之池"，所指便是神泉苑之池。

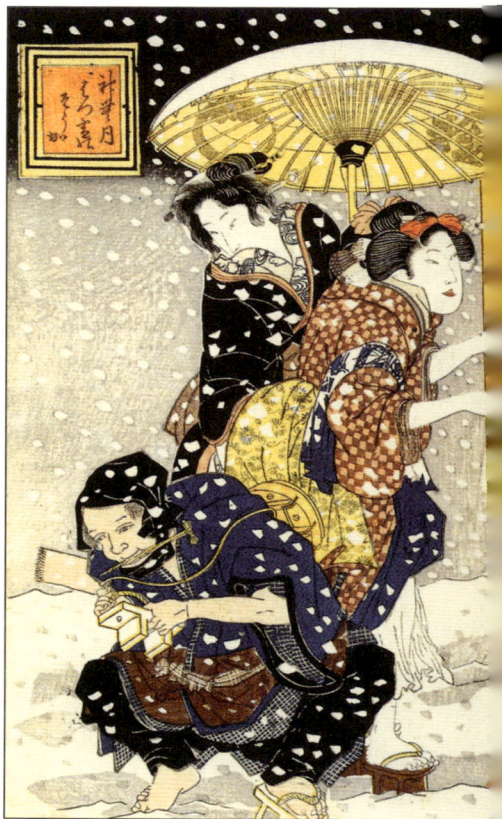

第一百八十一段

某学识渊博者曾言："民谣'降吧降粉雪，积啊积粉雪。'因其情状酷

---

① 那烂陀寺：又称那兰陀寺，始建于公元 5 世纪，古代中印度佛教最高学府和学术中心，在古摩揭陀国王舍城附近。那烂陀寺规模宏大，曾有多达九百万卷藏书。此处因《首楞严经》又名《中印度那烂陀大道场经》，故将安置它的寺院，借用那烂陀寺之名为号。

② 江帅：指平安后期著名歌人、太宰权帅大江匡房（1041—1111）。

③ 《西域传》：即唐代著名高僧唐玄奘所著《大唐西域记》。唐玄奘曾在那烂陀寺从戒贤法师学习多年。

④ 《法显传》：又名《历游天竺记》《释法显行传》《佛国记》等，全一卷，东晋法显撰。记述作者从公元 399 年至 413 年周游天竺各地，最后从海上返回的全部行程及见闻。

⑤ 左义长祭：日文中又写为"三毬杖"。每年在小正月时举行的火祭。从正月十四日夜，到正月十五日晨，于宅前立长竹三根，饰以松、扇、注连绳、吉书等，一起烧掉，寓意祛病消灾。

神无月·初雪　歌川国贞/绘　文化十四年（1807年）　静嘉堂文库/藏

似捣米筛糠，故称'粉雪'。"谣中"たんばの"有误，应为"たまれこゆき"①。随后一句为："降于墙垣上，积于树根处。"此谣好像古时即有，鸟羽院幼年时逢降雪，便唱诵过。《赞岐典侍日记》②中有载。

---

① 由"たまる"变来，积存之意。
② 《赞岐典侍日记》：堀河天皇乳母、女歌人藤原长子（1079—?）
　　所撰日记，共上下两卷，分述堀河天皇与鸟羽天皇事。

群鱼图

伊藤若冲 绘 绢本着色 宫内厅三之丸尚藏馆 藏

第一百八十二段

四条大纳言隆亲卿①献干鲑为御膳，有人言："此等贱食竟也呈至御前？"大纳言申辩道："若干鲑不得为御膳，为何鲜鲑又可？即便干鱼不能献，为何干鲇又可？"

第一百八十三段

抵人之牛锯角，咬人之马割耳，以此作标记，警人提防。若不作标记，再有伤人，则治主人罪。疯犬亦不可饲。此数类皆入罪罚，乃律之所禁。

第一百八十四段

相模守时赖②之母松下禅尼，某次招待相模守归家。明障子③为烟熏黑，兼有破损，尼亲手持小刀割去破处，糊以新纸。其兄城介义景乃当日主持招待者，道："这等事可令下仆某某去做，徒于此事驾轻就熟。"禅尼道："彼虽驾轻就熟，未必更胜于我。"言罢，继续分格糊纸。义景又道："何不悉数换为新纸？一来简便，二来新纸旁无旧纸，免去参差斑驳。"禅尼答道："贫尼日后自当全数换以新纸，但今日必须如此。借此可令年轻人一见之下，立时留心，知物残修补可再用。"此语当真用心良苦。

---

① 四条大纳言隆亲：指镰仓时代公卿、歌人藤原隆亲。1238 年出任权大纳言。
② 相模守时赖：指镰仓幕府第五代执权者北条时赖（1227—1263），1249 年任相模守。
③ 明障子：分隔主屋与厢房，便于采光通风的拉门。

徒然草绘卷（第一百八十四段） 海北友雪／绘 江户时代

　　图中所绘松下禅尼一边一格一格地换贴着新的拉门纸，一边和她的兄长对话。兄长道："这样的工作应该交由下人去做。"禅尼回道："我可是很擅长换拉门纸这活的。绝对是我做得更好啊。"禅尼的表情满溢着喜悦。

　　治世之道，俭约为本。禅尼虽女身，却与圣人①之心通。其子得保天下②，诚非常人可比！

---

① 此处圣人指孔子。《论语·里仁第四》："子曰：'以约失之者鲜矣。'"又《论语·述而第七》："子曰：'奢则不孙，俭则固。与其不孙也，宁固。'"

② 北条氏在 13 世纪初全面掌控了幕府实权，将军则沦为名义上的统治者。北条时赖身为执权者，集大权于一身，政事皆由其裁断，是日本事实上的统治者。

徒然草画帖（第一百八十五段） 住吉具庆/绘 江户时代

　　画面中，泰盛站在廊下，一个仆人牵着一匹马走过来。马蹄很快越过门槛，泰盛据此判定这是一匹烈马。

第一百八十五段

　　城介陆奥守泰盛^①，乃当世无双骑手。某日命仆从牵马出厩，见此马并足跨蹄，疾跃过槛，遂道："此乃烈马！"于是命再牵一马，换鞍其上。又见此马过槛时，举蹄犹疑，遂道："此乃钝马，乘之必受伤。"亦弃之。

　　若非谙熟驭道，焉能如此警惕慎重！

---

① 城介陆奥守泰盛：指镰仓时代武将、秋田城介兼陆奥守安达泰盛（1231—1285）。所谓"秋田城介"，指朝廷派驻的二级国司，全权管理秋田城一境的军政事务。"陆奥守"即陆奥国地方官，总管该国一切政务。

第一百八十六段

骑手吉田曾言："任一马匹，皆不易驾驭，人力难与之争。乘马之前，须先细察，知彼何强何弱；而后留意鞍辔等骑具有无危险，倘有隐忧，立时弃乘。时刻谨记以上事项，方有资格称骑手。此秘诀也。"

第一百八十七段

无论精于何技，即便未臻炉火纯青之境，然与博而不专者相较，必然更胜一筹。盖因前者专心致志、郑重其事，而后者轻率任性、疏忽随意，遂有精疏之别。此理不局限于某一技艺，即便是日常所为与用心，若能认真对待，虽笨拙亦能得成功之本；若掉以轻心，虽聪颖亦不免失败。

第一百八十八段

某人劝子为法师，言："汝当勤研佛学，通因果之理，日后可以讲经安身立命。"其子遂遵父教，为成讲经师而先习骑马。因彼虑及自身无车舆可乘，倘受人之邀而为导师，必以马来迎。若桃尻而不能稳坐鞍上，落

徒然草绘卷（第一百八十七段） 海北友雪／绘 江户时代

在艺术领域，行家与外行之间有着云泥之差。画面中在廊檐下起舞的男子，其发型看起来像是留有额发的"若众髻"（江户时代，元服前男子的发型）。由此看来，这幅图画反映的不是《徒然草》成书之时的镰仓时代末期的风俗，而体现了绘卷创作时期，即江户时代的风尚。

徒然草绘卷（第一百八十八段） 海北友雪/绘 江户时代

　　下围棋的时候，必须做好心理准备——欲取十一子，必先舍十子。不忍心丢弃十子，却又想吃掉对方的棋子，一味执着，结果会失去所有。

　　在檐廊下穿草鞋的登莲法师的行为实在值得推崇。据说他只要有想知道的事情，就算是下着雨，也要穿上蓑衣，戴上斗笠，匆忙外出。周围的人嘲笑他"过于急躁"。但是要知道，人的生命如梭，从来不会等到雨过天晴后才继续流逝。

　　这两个例子都是兼好在这一段中列举的具体事例。

下马来，岂非大为可忧？佛事完毕后，主人或将敬酒酬谢，若不善饮酒，恐惹檀越①不快，如此又要练习早歌②。彼于此二艺兴趣盎然，学来渐入佳

①　檀越：意译施主，即施与僧众衣食或出资举行法会的信众。
②　早歌：宴席所用的谣曲。

境，日日浸淫其中，精益求精，遂致完全无暇学习讲经。流年似水，转眼已老！

何止这位法师如此，世间之人大多相似。年少时，诸业皆欲立身，盼有大成。或习艺能，或钻学问，为未来苦心谋划，踌躇满志。可惜年久日深，心生懈怠，牵缠于目前小事，虚度光阴。岁月蹉跎，终至老态龙钟而一事无成。未精一艺，未通一行，亦未如初时所谋划般立身。此时纵后悔不迭，青春已不复再有。己身则如下坡之轮，疾急衰老。

是以当深思熟虑一生所期望之大事中，孰轻孰重。首要大事一定，则其外之事一律舍弃，一心一意成就此事。一日之中，一时之中，亦有多事纷纭而来，当趋利避害，择有益之事为之，余皆舍弃不顾。首要大事须全身心投入，倘应舍不舍，优柔寡断，势必一事无成。

举例而言，弈棋者处处争先手，绝不冒然落子，以舍小取大为要义。舍三子取十子易，舍十子取十一子却难。虽所得仅多一子，心中亦愿。然舍子多达十子，不免痛惜，又不欲以此换取微子。此处不舍，乃思于彼处得之，孰料彼处仍不可得，遂全盘尽失。

某京都住民，因急事往东山，甫至，又觉赴西山更有益，遂过门而不入，就地折返，急赴西山。其若能转念一想，既已来此，不如先谈妥此事，西山之事并未限时，可待归后再办，岂不更佳？一时之懈怠成一生之懈怠，当警惕也。

心有成就一事之思，便不必因舍弃他事而叹惋，亦不必因他人嘲讽而生羞耻。若无舍万事之代价，则难成一大事。法会中有某人云："和歌中'赭红之芒草'句，又有别种发音，渡边之圣僧曾于前辈处听闻。"适逢登莲法师在座，外间又降雨，法师闻雨声，道："可有蓑笠？借来一用。贫僧即赴渡边圣僧处，详询'赭红之芒草'事。"那人道："何必心急？待雨歇再去不迟。"登莲法师道："此言大谬！人命岂待雨歇？晴雨之间，贫僧

可能死，圣僧亦可能死，届时向谁请教？"言罢疾步而去，终得就教于圣僧。此逸闻实令人感动。《论语》云："敏则有功。"[①] 若能如登莲法师急求"赭红之芒草"般勤勉，则一大事因缘[②] 必成。

第一百八十九段

今日思忖欲行某事，突有急事至，受此缠身遂荒废一日。所待之人，因故未来；不速之客，不期而至。期望之事，难能如愿；不预之事，却得顺畅。艰难之事，一帆风顺；简易之事，煞费苦心。日复一日，未必事事如意。年复一年，亦复如是。一生亦如是。

---

① 出自《论语·阳货第十七》："恭则不侮，宽则得众，信则人任焉，敏则有功，惠则足以使人。"

② 佛陀出现于世间之唯一大目的，是为开示一切众生真实相，此即"一大事"。"一大事因缘"指了悟诸法深意，证入不退转地，获得无量智业，成就最高功德。

徒然草绘卷（第一百八十九段） 海北友雪/绘 江户时代

　　所等之人因为时机不凑巧来不了，未曾约定的人却不期而至，这样的事情时有发生。画中的男子将手遮在前额，面对出现在门前的预想之外的访客，露出了惊讶的神情。

　　预想之愿虽常落空，却也偶有如愿者，是以世事难定。悟得无定，便是至理。

第一百九十段

男子不宜娶妻。听人言一向独居，即感愉悦；若闻人言某某入赘，或娶某女同屋，顿觉此男卑下。如所娶女子平凡，人必轻蔑，言彼眼界甚浅；倘女子美貌，则又言彼势必竭力侍奉，珍重如奉神佛。种种揣测，大体如此。家中管理家务之女子，尤为可厌。生养子息，抚育爱怜，更添烦忧。夫亡，妻入庵为尼，老丑之貌，纵然其夫已亡，亦觉不堪。

不管怎样女子，朝夕相见，便觉可憎。于女方看来，亦有身悬半空之感。故不如分居，男子时往女子住所宿夜，虽经年累月，感情反愈久弥新。不期而至，缠绵留连，其间情趣，可令彼此常感新鲜。

第一百九十一段

"诸物入夜便无光采。"此说甚无情致。万物之光华、装饰、色调，入夜方见其妙。白昼时适于简单、素朴，夜间则绚丽明亮为佳。人之容颜气色，夜灯中观之，愈显其美。暗夜中细语悄悄，听来真切优雅。香味、乐声，夜闻愈觉曼妙。

无事之夜，人静时拜访他人，别有

徒然草绘卷（第一百九十一段） 海北友雪/绘 江户时代

　　兼好认为，日落之后，男子应该重整衣冠；女子应悄然离席，重新梳妆后再返回。画面中，男子正在廊檐下让人擦拭其濡湿的头发，由此可知他刚洗完头发。里面的房间大概是洗浴之所吧。

清韵，更显品位。年轻伙伴无时不在彼此留意姿容装束，特于无须矜持之时，无分便装、盛装，更须刻意装扮。风雅男子日暮方梳发，女子至夜阑时方离座，对镜妆颜。此等皆有情趣。

第一百九十二段

参神拜佛，以非节日、祭日时，避众人而独诣为佳。尤以夜间最妙。

第一百九十三段

愚人妄测他人，以为可知人智，其实枉然。

拙庸之人唯精围棋，遂以为不长于弈道者，其智不如己。各行各业之高手，见他人不通本门技艺，即以为人不如己，大误也。文字之法师[①]与暗证之禅师[②]，彼此皆认定对方不如己，俱谬。

是故，不应与非本门专业者争高下，亦不可论人是非。

第一百九十四段

通达者洞察他人，绝无错谬。

试举一例。某人造谎欺惑世人，有信以为真，受其诡骗者；有既深信不疑之人，更别有用心，添枝加叶者；有凡事皆无动于衷，不加理睬者；有稍感疑惑，不能确定者；又有虽嗤之以鼻，却又思人人皆议，或许真有其事，遂听之任之者；又有揣摩推断，似有所悟，会心微笑，实则全然不通者；又有经揣摩推断，先觉有理，继感无理，从而犹疑不定者；又有

---

① 文字之法师：只知研究佛典，专习教相，却不修禅行，不能顿悟佛法的僧人。

② 暗证之禅师：又作盲禅者、暗禅比丘，是禅宗以外各宗嘲讽禅宗之语。指不知教相文理，不读佛经，只执着于修禅定，讲求顿悟的禅僧。

京都名所观游绘　川岛重信 / 绘　江户时代　美国弗利尔美术馆 / 藏

谓不必大惊小怪，拍手一笑了之者；又有明知虚言却不语，更不加以澄清者，同不明真相无所区别；又有起始便知构谎者本意，非但不予斥责，反所思与构谎者同，合力诓骗世人者。

　　愚者造谎之伎俩，无论言辞、神情，于通达者观之，均能明察秋毫，了然于胸。明智者于我辈之迷惑暗昧，更是了如指掌。不过以上论述，仅就世俗而言，不及于佛法。

第一百九十五段

某人行走于久我绳手道①，见一人身着小袖衣、大口袴②，在水田中细心刷洗木造地藏菩萨像。正感大惑不解，又见穿着狩衣之男子二三人，一齐奔来，嚷道："在此处！"说罢急将那人带走。原来那人乃久我内大臣殿③是也。

此贵人神志清醒时，实是位神妙无俦之人。

第一百九十六段

东大寺之神舆④，由东寺之若宫归座⑤时，源氏公卿俱往参拜。内大臣殿彼时为大将，先行警跸⑥。土御门相国⑦问："于神社之前警跸，是何说法？"答曰："随身⑧之举动，兵仗之家⑨自知。"

其后又语于他人云："此相国仅见《北山抄》⑩，而不知《西宫记》⑪所说。因恐神属下之恶鬼、恶神作祟，故须在神社特别警跸。"

---

① 绳手道：田间笔直的道路。
② 大口袴：用生绢或熟绢做成，穿在表袴之下。因袴腿宽大，故名。
③ 久我内大臣殿：指镰仓时代公卿久我通基（1240—1309），仕途历经四帝，1288年出任从一位内大臣。
④ 神舆：供神灵出巡时乘坐的车驾，形状就像一个缩小版的神社。一般只在祭神时抬出，人们认为神灵会降临到神舆上。
⑤ 归座：神舆回到原先的奉安处。
⑥ 警跸：古代帝王出入时，于所经路途侍卫警戒，清道止行。
⑦ 土御门相国：指镰仓时代公卿源定实（1241—1306），1301年出任太政大臣。
⑧ 随身：负责在出行时警卫的人。
⑨ 兵仗之家：武将世家。
⑩ 《北山抄》：平安朝公卿藤原公任（966—1041）参照各种典籍文献所编成的，关于朝廷各类仪式典礼的著作。共十卷，今仅存第十卷"吏途指南"。
⑪ 《西宫记》：平安时代西宫左大臣源高明所著，共二十卷，内容亦为记录朝廷礼仪、政务、典故等。

第一百九十七段

　　"定额"① 不特限于诸寺之僧，尚有定额女嬬② 一说，载于《延喜式》③ 中。凡有定数之公人，皆得此通号。

第一百九十八段

　　不单有"扬名介"④ 的官名，还有"扬名目"⑤ 的官名，皆出自《政事要略》⑥ 书中。

第一百九十九段

　　横川行宣法印有言："唐土系吕之国，律音无；和国乃律之国，吕音无。"⑦

---

① "定额"是日本佛教用语。日本官方为防止滥设私寺，遂限制一定数额的寺院为官寺，称尖"定额寺"。而住于国分寺、大寺、定额寺、敕愿寺的特定僧侣，皆受朝廷供养；人数不足时，可向太政官申请补充，称为"定额僧"。

② 女嬬：内侍司最低阶的女官，定员百人，在宫中掌管扫除、点灯等事。

③ 《延喜式》：平安时代中期由醍醐天皇命藤原时平等人编纂的一套律令条文。其中对官制和礼仪有着详尽的规定，是研究古日本史的重要文献。全书五十卷，约三千三百条目。

④ 扬名介：一种名誉官职，有名而无实权俸禄；一般充任国司的次官。

⑤ 扬名目：最下级的地方四等官。

⑥ 《政事要略》：平安时代辑录政务法制史例的书，编者为明法博士惟宗允亮。

⑦ "律吕"是有一定音高标准和相应名称的中国音律体系，调有十二，阴阳各六。奇数各律称"六阳律"，偶数各律称"六阴吕"。

第二百段

吴竹叶细，河竹叶宽。清凉殿御沟附近所植为河竹，仁寿殿附近所植为吴竹。

第二百零一段

退凡下乘①之卒都婆②，向外为下乘，靠内为退凡。

第二百零二段

十月称"神无月"③，忌神事。对此文献无载，出典亦无。或因当月诸神社无祭，故有此名。

又有人言，当月众神集于太神宫，但确凿之据亦无。倘果真如此，则伊势应将十月特列为祭月，却不见此例。十月天皇行幸诸社之例颇多，但多属不吉之例。

---

① 退凡下乘：《大唐西域记》卷九载："中路有二小窣堵波（卒都婆），一谓下乘，即王至此，徒行以进。一谓退凡，即简凡夫，不令同往。"至后世，寺院多援引此例，于寺门外竖立"退凡""下乘"碑石，此风亦盛行于日本。
② 卒都婆：见第三十段相关注释。
③ 神无月：见第十一段相关注释。

莲池游鱼图

伊藤若冲　绘　绢本着色

宫内厅三之九尚藏馆　藏

第二百零三段

敕勘[1]之所悬靫[2]之法，今已失传无人知。主上御恼[3]及世间大疫时，则向五条神社所祭天神悬靫。鞍马神社有靫明神，亦须向彼悬靫。旧时看督长[4]背负之靫，悬于哪户，则哪户禁止出入。此事绝迹后，今世以封条代之。

第二百零四段

施笞刑[5]时，须先将犯人缚于拷器上。拷器之形、捆绑之法，今已无人知晓。

第二百零五段

比叡山有大师劝请之起请文[6]，始书者为慈惠[7]僧正。起请文不在法曹[8]权限内。古之圣代，并无依起请文行政之事。至近代，此事方广为流布。

法令又认为：水火本无秽，唯容器不洁。

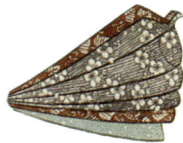

---

① 敕勘：由朝廷依律定罪。
② 靫：皮革制的装箭器具。
③ 御恼：龙体欠安。
④ 看督长：检非违使厅下级官吏，负责缉捕罪犯及看管监狱。
⑤ 笞刑：古代"五刑"之一，是以竹、木板责打犯人背部、臀部或腿部的轻刑，针对轻微犯罪而设，或作为减刑后的刑罚。
⑥ 起请文：记录关于某件事的约定以及声明不会违约的誓纸。
⑦ 慈惠（912—985）：俗姓木津，法名良源，949年受传法灌顶，后出任日本天台宗第十八代座主。因于天台座主任内，重建被火烧毁的堂塔，并振兴教学，而被尊为比叡山中兴之祖。
⑧ 法曹：古代司法机关或司法官员的称谓。

缘先美人图　铃木春信／绘　中判锦绘　明和四年（1767年）　波士顿美术馆／藏

第二百零三段、第二百零四段、第二百零五段

第二百零六段

　　德大寺右大臣殿任检非违使别当时，于中门议使厅公务，官人①章兼牛车之牛走脱，窜入使厅，径直登上大理②所坐浜床③，口中反刍卧下。在场众人皆道此事怪异，当牵牛往阴阳师处占卜。大理之父相国④闻之，道："牛虽有头脑，却有别于人，其既有足，自然处处可去。此意外小事，因此而籍没官人微不足道之牛，大是不该。"遂将牛归还主人，并换过所卧榻榻米。其后亦未见有凶事发生。

　　正所谓"见怪不怪，其怪自坏"。⑤

第二百零七段

　　龟山殿起建前，平整地基，遇一土冢中集有大蛇无数。有人言此乃当地之神，遂奏闻上听。敕问该如何处置，群臣道："古来此地即为蛇占，倘强行掘开，驱尽大蛇，只怕不妥。"实基公道："若为王土之虫，皇居起建时，何祟之有？鬼神不行恶事，当无所怪。只管掘而逐之便是。"遂毁土冢，逐蛇入大井河，此后亦无凶事发生。

---

① 官人：日本古代六位以下官吏的通称。
② 大理：仿唐名，即检非违使别当。
③ 浜床：专为贵人而设的方形四座台，四周竖有立柱，高二尺，上铺榻榻米。
④ 指藤原实基：1253—1254 年任太政大臣。
⑤ 典出宋·洪迈《夷坚三志·姜七家猪》："畜生之言，何足为信，我已数月来知之矣。见怪不
　 怪，其怪自坏。"

将武

山闲人交来記

将武人唐の徽宗宝暦年間の人
術の名誉にして山獵を業とする
一夜獵に変をそとうなひ来て日頭賢
大なる化なるを君何卒彼の我ひ
除ぬしと将武其望に任せて象を打
峡山中に玉巴蛇の眼を射て多く
完その傳令豊平翁賀屋の庵より出せ

将武 月冈芳年/绘 《河汉百物语》 庆应元年（1865年） 大判锦绘 太田纪念美术馆/藏

在日本，蛇形妖怪有很多，还给人类带来灾难。图为将武消灭蟒蛇的故事。

第二百零八段

系经文之纽结时，将绳纽上下交叉，如系衣袂，自两绳交叉处横出纽端，此常见之系法。然华严院弘舜僧正若遇此法，立时解纽重系，并道："此法近世方有，见之可厌。正确之法只需先绕一圈，而后由上自下塞入纽端即可。"

僧正乃年高博古之人，故于旧制甚熟。

第二百零九段

某人争田诉讼，却遭败诉，异常恨恼，遂遣人道："速将彼田中稻物，尽数割取。"受遣者沿路收割。有人道："所割非争讼之田，缘何胡割？"割者道："割取争讼之田已然无理，反正此行皆为无理之事，则何处不能割？"

虽是歪理，听来却也有趣！

第二百一十段

人言唤子鸟唯春时方有，然此鸟究系如何之鸟，从未见载于书。某真言宗著作云：唤子鸟鸣时，行招魂之法，次第有序。此处谓唤子鸟即鵺[1]。

---

[1] 鵺：日文名ぬえ，原作"鵼"字。"鵼"这个汉字比较罕见，《广韵·东韵》中云："鵼，怪鸟也。"鵼在中国的时候，是一种似雉的巨嘴鸟，以树洞为巢。它善于判断人之善恶，善人一生都会得到它的保护，恶人则会被它用大嘴啄死。鵼流传到日本后，被写成"鵺"，其形象也做了改变。它昼伏夜出，整夜整夜地发出悲鸣声，因此被日本人认为是不吉利的鸟。

徒然草绘卷（第二百一十段） 海北友雪／绘 江户时代

　　法师身处草庵，远离外界纷扰，豁达洒脱。人若心胸宽广，就像无限延展的天地没有界限一般，心境平和自然。

《万叶集》长歌"霞光照，春日长"后，即有咏鹈之句。大抵因鹈与唤子鸟模样相似之故。

第二百一十一段

万事俱不可生依赖心。痴愚之人深赖外物，遂致有恨怒事。

权势，不可赖，强者先亡；财多，不可赖，瞬时即失。才华，不可赖，孔子尚有困窘；德行，不可赖，颜回亦逢不幸[①]。君宠，不可赖，旦夕失宠受诛；奴从，不可赖，背主远逃常有。人志，不可赖，志向多变；约誓，不可赖，守信者稀。既自身及他人俱难依赖，则得时顺意固喜，非时失意亦不必恨。

左右宽阔自无障碍，前后深远则无阻滞。倘前后左右俱狭窄逼仄，极易碰撞冲突。用心褊小处，精神难有舒坦，与人争物则伤己身。宽容温和，方能毫发无损。人乃天地之灵，天地既无限，则人性何异？宽大至无垠时，不受喜怒牵缠，则外物岂能忧扰！

第二百一十二段

秋月绝佳，无与伦比。若以为月无时不佳，而不识与秋月区别，则此人必不解风情至极。

第二百一十三段

向御前之火炉中添炭时，不可以火箸夹，应先置于陶器，而后径直倒入。为免炭火掉落在外，当格外注意堆放之法。

---

① 颜回素以德行著称，他严格按照孔子关于"仁礼"的要求，"敏于事而慎于言"，故孔子常称赞颜回具有君子四德。然而颜回却短命早逝，令孔子极为悲痛，哀叹道："噫！天丧予！天丧予！"

上杉谦信　月冈芳年/绘　《月百姿》　明治二十三年（1890年）　走田纪念美术馆/藏

霜满军营秋气清，数行过雁月三更。——谦信

八幡御幸之际，供奉者身着净衣①，以手添炭。某通晓典章制度之人道："身着白衣之日，但用火箸无妨。"

第二百一十四段

《想夫恋》②之乐，其名非源于女恋男。"想夫恋"本写作"相府莲"，以音同而转文字。晋大臣王俭，喜于宅邸植莲奏乐，故人称莲府。

回纥③又名回鹘，回鹘国乃夷中强国，归于汉后，朝觐时所奏国乐，即《回纥》。

第二百一十五段

平宣时朝臣④老后叙及往事，云："最明寺入道⑤某夜命人唤吾，吾答曰：'立时便往。'孰料未备直垂⑥，正手忙脚乱，使者又至，道：'因未备直垂而延？深夜不着正服无妨，速行。'吾只得着似便服之旧直垂，往谒。入道已备下铫子⑦及粗陶杯，向吾道：'此酒独饮无趣，故唤汝来。只是家人已熟睡，不便叫起，是以无下酒菜。汝且试寻佐酒之肴。'吾遂点纸

---

① 净衣：拜神时穿着的白色狩衣。
② 《想夫恋》：雅乐曲名，平调唐乐，无伴舞。
③ 《回纥》：雅乐曲名，平调，无伴舞。
④ 平宣时：指镰仓中期陆奥守兼任远江守北条宣时（1238—1323），大佛流北条氏第二代，1287年任镰仓幕府连署。
⑤ 最明寺入道：指镰仓幕府第五代执权者北条时赖（1227—1263），1256年因病于最明寺出家。
⑥ 直垂：一种上衣下裙式服装，上衣垂领，三角形广袖，胸前系带。平安时代后期，由于其设计简便、易于活动，逐渐为武士阶层所穿用。至镰仓时代，更成为出仕幕府的通常制服。
⑦ 铫子：注酒器具，形状似高壶，口大有盖，旁边有长柄，用土或金属制成。

徒然草（全译彩插珍藏版）

烛①，竭力找寻，终见厨台架上小陶器中，有些许味噌②，即告于入道：'唯觅得此物。'入道云：'足矣！'遂欢洽共饮数巡，大尽酒兴。彼时世风即如此。"

第二百一十六段

最明寺入道往鹤冈神社参拜，先遣使通报足利左马入道③，言己即刻便到。足利入道遂设宴，菜序为：初献干鲍，次献虾，三献搔饼④，仅此区区。在座有主人夫妇及隆辨僧正。宴毕，最明寺入道言："历年所受足利染物⑤，心中无时或忘。"足利入道答云："早已预备。"遂命取出各色染物三十匹，令婢女裁为小袖，待最明寺入道归后，送入其宅邸。

此事乃当时亲眼目睹，而今尚在世者所言。

第二百一十七段

某大福长者⑥云："人当舍弃万事，而竭力于谋利。生而赤贫，殊无意义。唯富有者，方有人生之趣。欲思谋利，必先修行心术。心术者非他，

---

① 纸烛：古代大内用的一种照明工具，松木条长一尺五寸，上端用炭火烧焦，涂油点火；下端手握处卷纸。
② 味噌：日式大豆酱。原料主要有大豆、大米、大麦、食盐等，成品主要为膏状。是一种调味料，也被用为汤底。
③ 足利左马入道：指足利氏第三代家主、左马头足利义氏（1189—1255），1241年出家。
④ 搔饼：牡丹饼、荞麦饼之类的点心。
⑤ 足利染物：足利义氏老家所产的染织品。
⑥ 大福长者：多福的大财主。

徒然草绘卷（第二百一十七段） 海北友雪／绘　江户时代

　　图中描绘了一个身居陋所、一心敛财之人。一直盯着金钱的他脑海中大概满是钱财之事，无暇顾及其他吧。但是，为了避免散财而过着与世隔绝的生活真的幸福吗？这个人的身影与土墙的另一侧欢乐的人们形成了鲜明对比。

须有人间常住之思，勿生无常之观。此第一要用心处。其次，莫苟求万事遂欲。人生在世，自他之欲无量，倘一心求遂欲得志，纵有百万金钱，亦不能留存。所愿无止时，而财有用尽时。以有限之财逐无限之愿，必难

成。若心生欲望，当坚信此为亡我恶念，小心戒惧，不可使彼起丝毫作用。再次，倘视钱为奴仆，肆意挥霍，则贫苦永世难免。是以视钱当如待君奉神，敬而畏之，绝不任性滥用。又次，遇可耻可恼之事，亦不生恨怒。最后，当正直诚信。能守以上道义而求利者，则致富便如火就燥，水就湿①。欲使钱财无尽，不可溺于宴饮声色，不可奢饰居所，即便所愿未成，心间仍可长存安乐。"

归根结底，人求财乃为成就所愿；钱财为世所重，亦在于能成就所愿。倘所愿不得遂，钱多而不用，则全然无异于贫者，更有何乐趣可言？此大福长者之语，其用意大体在令人断绝人间欲望，而免于贫忧。与其成就欲望而乐，不如起始便无财。患痛疽者以水洗而至乐②，却不如无此病。言至此，当知贫富无所别。究竟即等同理即③，大欲似无欲。

第二百一十八段

狐，咬人之兽。某舍人夜宿堀川殿，眠中遭狐啮足。又于仁和寺，某下法师夜行寺前，三狐跃出，群起扑咬。下法师拔刀防卫，斩中二狐，其一毙。伤狐与另一狐逃遁。下法师遭咬伤多处，所幸伤愈无事。

---

① 火就燥，水就湿：出自《易·乾》："水流湿，火就燥。"孔颖达疏："此二者以形象相感。水流于地，先就湿处；火焚其薪，先就燥处。"
② 此处日文原文为"痛疽"，但具体的病症，应该是体癣、足癣等，用热水烫洗后会产生欣快感。
③ 究竟即、理即：皆为"六即"之一。六即指每个人从凡夫开始，一直到最后成就道业，这当中的次第有六个层次。第一理即。第二名字即，第三观行即，第四相似即，第五分证即，第六究竟即。理即最下，对应凡夫位；究竟即最上，对应佛位。

吼嚷　月冈芳年/绘　《月百姿》御届明治十九年（1886年）

第二百一十九段

四条黄门[1]言："龙秋[2]精音律之道，甚是可佩。其数日前造访吾宅，云：'请恕冒昧，在下有些微浅见欲陈。时于内心思量，横笛之五孔似有不妥。其因在于：干孔[3]属平调[4]，五孔为下无调，其间隔胜绝调；上孔为双调，中隔凫钟调，夕孔为黄钟调；又隔鸾镜调，中孔为盘涉调，中孔与六孔间隔有神仙调。此等排孔法，令孔孔之间皆雀一律，唯五孔与上孔间无律差，且此两孔间隔相等于他孔，故吹其声时，颇使人不快。是以吹此孔时，必将笛略离口唇。但若离唇不当，音调即不准。吹准此孔者极罕。'此语经深思熟虑道来，诚有况味。前辈云'后生可畏'，即此等事"。

他日，景茂[5]闻之，云："笙之各调调和，持之在手，只管吹奏便可。然吹笛须调整气息，每吹一孔，除口传秘诀外，更有笛手天性及用心程度等因素，不仅限于五孔之问题。如龙秋所言，一味将笛离唇，未必可行。若吹之失宜，每孔之音皆令人不悦。名家吹之到位，则孔孔悦耳。律吕不准，乃笛手之失，与乐器无涉。"

---

① 四条黄门：指日本南北朝时代南朝权中纳言四条隆资（1292—1352）。"黄门"本是中国古代官名，黄门侍郎一职一相当于日本的中纳言。四条隆资作为函朝柱石，辅佐后醍醐天皇和后村上天皇，为讨伐北条氏、实现中兴而尽心竭力，最后却功败垂成，死于乱军中。

② 龙秋：指南北朝时代雅乐家、笙之名手豊原龙秋（1291—1363），南朝天皇与名臣多有拜其为师者。此前有其他译本，写成"丰原龙秋"，系将"豊"（音fēng）错看成丰的繁体字"豐"。民间有认为二字可混用，但查《康熙字典》，二字其实音不同、意不同。且日文汉字中仅有"豊"字，而无"豐"字。故特此说明。

③ 干孔和下文的五孔、上孔、夕孔、中孔、六孔等，皆为横笛七指孔之一。

④ 平调和下文的下无调、胜绝调、双调、凫钟调、黄钟调、鸾镜调、盘涉调、神仙调等，皆为日本十二律之一。十二律本是中国传统音乐使用的音律。律，是用来定音的竹管，古人用十二个不同长度的律管，吹出十二个高度不同的标准音，以确定乐音的高低，这十二个标准音就叫十二律。十二律传入日本后，日本照隋朝音乐管理制度开始仿制，设立了雅乐寮、内教坊和吹奏部等，并形成了日本声明音乐的十二律。

⑤ 景茂：指南北朝时代横笛名手大神景茂（1292—1376）。

鯉図
こいず

鲤图　伊藤若冲/绘　宝历年间　东京艺术大学美术馆/藏

日本的传统乐器

日本的传统音乐注重音色的微妙差异，从日本乐器的形状和演奏可见一斑。日本的乐器大致可以分为打击乐器、吹奏乐器和弹奏乐器。《徒然草》中好几处都提到了日本的乐器，主要有笛、筚篥、琵琶和三味线等。

1. 笛

最早的笛子可以追溯到九千年前的骨笛，到唐代出现尺八，后来传到日本，成为日本古典音乐的代表乐器。

2. 觱篥

觱篥是古代管乐器的一种，又称筚篥、悲篥、笳管、头管，有八孔和九孔之分，音色浑厚凄怆、低沉悲咽。

3. 琵琶

日本琵琶源于波斯（今伊朗），经由印度、中国传入日本。琵琶的长度在60~106厘米之间。日本琵琶分为五弦琵琶（中国唐代传入日本，以正仓院保存的"螺钿紫檀五弦琵琶"最为有名）、乐琵琶（日本雅乐乐器之一，于奈良时代由中国传入，是日本琵琶中体形最大的琵琶，后来与民间音乐结合，发展出萨摩琵琶、筑前琵琶、平家琵琶等）、盲僧琵琶（专门为盲人所使用，配合"地神经""观音经""般若心经"等佛教经文的朗读而演奏）、锦琵琶（作为欣赏用，拨子比萨摩琵琶稍小）。

4. 三味线

三味线源于中国的三弦，后来被日本艺人改造为三味线。三味线从诞生就一直在民间流行，后来随着贵族社会的崩溃和庶民文化的勃兴，三味线与琴并称为"日本乐器之王"，被广泛应用于日本民

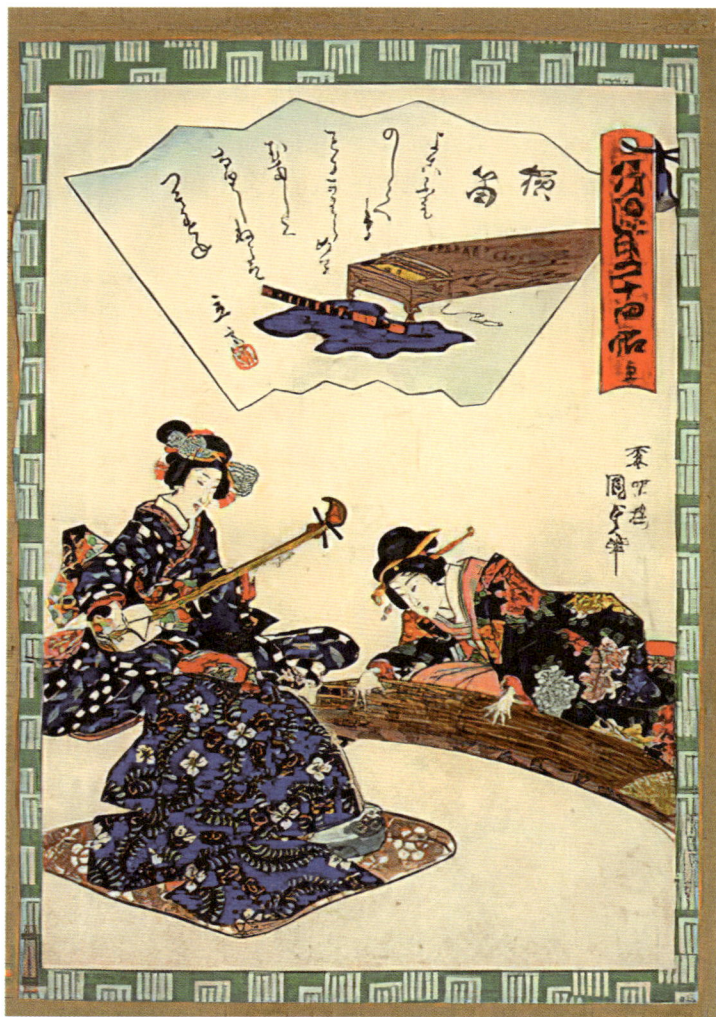

俗艺能中。三味弦有好几种，其中最有名的就是"津轻三味线"。

5. 太鼓

　　《徒然草》中没有提到太鼓，但作为日本的代表性乐器，不得不提。在日本文化中，太鼓与它的发展息息相关，古代日本人用太鼓的目的是为驱赶病魔。太鼓同样也被用来迎神，不论是宫廷、战争，还是歌舞能剧中，都有太鼓的影子。

第二百二十段

人云："无论何事，边远之地皆俗贱无品，仅天王寺之舞乐不逊京都。"天王寺伶人言："本寺之乐皆依音律图，乐调调合极准，远胜别地。究其故，乃因今时所奉标准，仍为圣德太子当政时之音律图，即六时堂前之钟。其声正切中黄钟调^①。因其随寒暑变化而有高低音之别，遂以二月涅槃会^②至圣灵会期间音调为准。此本寺秘藏也。凭此调为基准，别调悉可调也。"

凡钟声皆应为黄钟调，此乃无常之调，祇园精舍无常院之钟声^③即如是。西园寺之钟曾欲铸为黄钟调，数度改铸，终不能成事，只得自远国寻来合宜之钟。净金刚院之钟声，亦黄钟调也。

第二百二十一段

"建治、弘安^④年间，贺茂祭放免^⑤之饰物，系以青紫布四五反^⑥制成风格独特之马，马尾、马鬃皆以灯芯草制，附于蛛网纹水干^⑦狩衣上，颇有

---

① 黄钟调：燕乐羽声七调之第五运，即琵琶四弦之第七声。
② 涅槃会：每年佛陀入涅槃之日所举行的追思法会。
③ 祇园精舍是佛陀的北方传教中心，佛陀在此安居长达二十余年，现今流传的经典，有七八成是在祇园精舍讲说的。据《祇园图经》载，祇园精舍中有一所"无常院"，安置四面大钟，其响声似在诉说《涅槃经》中的四句偈语：诸行无常，是生灭法；生灭灭已，寂灭为乐。
④ 建治、弘安：日本第91代天皇后宇多天皇和第92代天皇伏见天皇的年号。
⑤ 放免：少数罪行较轻的犯人，在释放后被检非违使厅留用，负责杂务、搜查等事。贺茂祭时担任警卫。
⑥ 反：日本布匹单位。
⑦ 水干：古日本朝臣礼服，用绢制成，白色。后来逐渐成为武家及一部分公家的日常服装。

黑漆宝箧印塔嵌装舍利佛龛　镰仓时代　奈良国立博物馆／藏

　　这是一个双开门的佛龛。佛龛中设有内壁，其中一面镶嵌有镀金铜板制宝箧印塔形舍利容器，另一面是可整体拆卸的板壁，内外贴有如来坐像和胎藏界种子曼茶罗中台八叶院的绢本彩绘。

古歌意韵。吾等年年贺茂祭时，皆见彼等巡行于大路，百看不厌。"上述事，数位老道志①迄今仍津津乐道。

惜乎近年饰物之奢繁，年胜一年，甚至于附赘多般重物，使得左右两袖皆需专人抬捧。放免自身亦不再持铧②，行路甚累，气喘吁吁，令人望之难受！

第二百二十二段

竹谷乘愿房拜谒东二条院③，女院问："追善亡者，以何方式得益最多？"答："光明真言④。宝箧印陀罗尼⑤。"事后众弟子听闻，齐问："缘何如此作答？何不答念佛最善？"乘愿房道："就我宗宗旨而言，自应答念佛最善。然唱佛名号为亡者追福而得巨益，此说经文中未见。倘女院究根问底，则何据可对？故依本经中切实可据者，答此真言与陀罗尼。"

第二百二十三段

鹤大臣殿⑥之得名，乃因其幼名鹤君。有传言谓其饲鹤得名，讹也。

---

① 道志：出身大学寮明法道，担任卫门府的大志、少志官职者。
② 铧：放免警卫巡行时所使用的武器。
③ 东二条院：指第89代天皇后深草天皇的中宫西园寺公子，1232—1304年。
④ 光明真言：大日如来之真言，一切诸佛菩萨之总咒。有左无量无数光明、遍照一切世界、降伏一切烦恼、供养普度众生、以白毫耀于眉间、灌宝光于顶上这六大功德。
⑤ 宝箧印陀罗尼：全称"一切如来心秘密全身舍利宝箧印陀罗尼咒"，为东密、唐密三大神咒之一，是正法住世的象征。读颂此经咒，会得到一切佛力加持；等同于读诵过去、现在、未来所有佛所说经典；蒀满世间一切吉庆。
⑥ 鹤大臣殿：指内大臣九条基家（1203—1280），镰仓中期宫廷歌人。

仁木弹正直则　　月冈芳年／绘　《和汉百物语》　庆应元年（1865年）　大判锦绘
太田纪念美术馆／藏
　　幼主鹤千代的守卫荒狮子男之助用铁扇击中变为老鼠的仁木弹正。

第二百二十四段

阴阳师有宗入道自镰仓赴京，造访吾宅，甫一进门，即劝吾道："此庭徒广而无用场，甚无谓，不妥。明道者当用以栽种，止留一小径，其余可悉数造田。"

此言在理。虽系小地，亦不可无益闲置。当栽种菜蔬药草。

第二百二十五段

下述事叙自多久资。通宪入道[①]由诸舞中精选特有韵者，教习矶禅师之女，令其学成后献艺。舞者穿白水干，腰插银鞘刀，戴乌帽子，扮作男子，故称之为"男装舞"。禅师之女静，承继此艺，此即"白拍子"[②]之根源。彼时所歌皆为佛神之本缘，其后源光行[③]多有作歌，后鸟羽院亦有御作，俱授予龟菊[④]舞唱。

第二百二十六段

后鸟羽院御宇时，信浓前司行长[⑤]素有稽古[⑥]之誉，曾奉召于御前论乐

---

① 通宪入道：指平安末期贵族、学者藤原通宪（1106—1160），官至正五位下少纳言，出家后沄号信西。
② 白拍子：在音乐上指雅乐及声音清晰的拍子。此外亦指平安末期的舞伎。
③ 源光行（1163—1244）：镰仓初期学者、歌人，曾任河内守，以校订《源氏物语》留名后世。
④ 龟菊：京都著名舞伎，深受后鸟羽上皇宠爱。
⑤ 信浓前司行长：信浓是国名；前司是官名，前国司之意；行长是名字；姓氏未知。
⑥ 稽古：善于考据古代典籍，尤精汉文汉诗。

御室雪景　山田直三郎／编　《雍府画帖》

府，因七德舞①忘其二，遂得绰号"五德冠者"。彼深感羞惭，乃舍学问而
遁世。山门天台座主慈镇和尚，于精通一艺者，即便身为下仆亦招纳善待
之。信浓入道由此得慈镇之助。

---

① 七德舞：唐初有《秦王破阵乐》，内容为歌颂秦王李世民英勇善战的事迹。贞观七年唐太宗制
《破阵乐舞图》，后令魏徵、虞世南等改制歌词，更名《七德舞》。"七德"语出《左传·宣公
十二年》，指禁暴、戢兵、保大、定功、安民、和众、丰财七武德。唐宪宗时，诗人白居易观
赏此舞，深受触动，写下《七德舞》诗，提醒当时的君臣不要忘记太宗创业艰辛，不要忘记
尚武与仁德兼济的精神。

此行长入道撰《平家物语》，授盲琵琶师生佛，使之弹唱传诵。书中记山门之事甚详。又因熟知九郎判官①事迹，故并录于书。然于蒲冠者②之事却不甚明，故漏误颇多。生佛系东国人，寻武士求教武艺之事，而后叙于行长书之。生佛弹唱之原声调，今之琵琶法师仍能模仿。

第二百二十七段

《六时礼赞》③乃法然上人弟子安乐僧搜集经典中文句而作，勤行④时唱诵用。其后，太秦⑤僧善观房，为之制谱而定声明⑥，此即一念念佛⑦之最初，始于后嵯峨院御宇时。《法事赞》⑧亦同为善观房制谱。

---

① 九郎判官：指平安末镰仓初著名武将源义经（1159—1189），源义朝第九子，号称"镰仓战神"，在源平合战中奋勇扫荡平家天下，战功卓著。其灿烂而又短暂的人生传奇，一直为后世所津津乐道。

② 蒲冠者：指平安末镰仓初武将源范赖（？—1193），源义朝第六子，幕府将军源赖朝之异母弟。范赖母亲系远江池田驿伎，生范赖于蒲生御厨，故称"蒲冠者"。

③ 《六时礼赞》：又作往生礼赞偈、往生礼赞。内容为于六时之中，各时唱诵之赞文及其礼拜之法，为解说净土往生行仪的重要资料。六时指日没、初夜、中夜、后夜、晨朝、日中。

④ 勤行：在佛前礼拜读经。

⑤ 太秦：指京都最古的寺刹广隆寺，位于京都右京区太秦，原为古时归化日本的秦族住地。

⑥ 声明：古印度五明之一，"明"是学问、学科之义。"声明"是研究语言、音韵、文句等如何构成的学问。以此为基础，延伸出梵呗，即举行宗教仪式时佛教徒在佛菩萨前所唱歌颂、供养、止断、赞叹的颂歌。

⑦ 一念念佛：日僧成觉幸西立"一念义"之主张，认为凡夫之信心与佛智之一念相应冥会讨，即能往生弥陀净土。

⑧ 《法事赞》：又作净土法事赞。系记述净土转经行道仪则之著作，多为净土宗做法事时所用。

第二百二十八段

千本之释迦念佛①，系文永②时如轮上人所创。

第二百二十九段

据闻细工③所用刻刀皆略钝。妙观④之刀便不锋利。

第二百三十段

五条皇居有妖物。藤大纳言殿⑤之所以如此说，乃因一众殿上人于黑户对弈时，有身影掀御帘观棋。众人问："谁？"扭头一望，竟见一狐似人形，正跪坐窥视。众人大骇，齐呼："哎呀，是狐！"狐急忙逃去。此狐修炼火候未够，故欲化人而不成。

① 京都市上京区北野天满宫东北方有"千本释迦堂"，每年二月九日至十五日举行赞颂佛名的法会，称为"释迦念佛"。
② 文永：1264—1274年，日本第90代龟山天皇的年号。
③ 细工：手艺精巧的木工、雕工。
④ 据《元亨释书》载，妙观是摄津国胜尾寺僧人，曾雕刻观音像与四大天王像，是奈良时代著名的匠人。
⑤ 藤大纳言殿：指镰仓后期公卿、歌人藤原为世（1250—1338），官至权大纳言。

奈须野原杀生石之图　月冈芳年／绘　《新形三十六怪撰》　大判锦绘

明治二十四年（1891）　太田纪念美术馆／藏

　　玉藻前是日本有名的狐妖，也是鸟羽天皇宠爱的绝世美女，死后化为杀生石。图中的女子就是玉藻前的亡灵，她站在杀生石前。

徒然草绘卷（第二百三十一段）　海北友雪 / 绘　江户时代

　　"园别当入道"（别当为日本古代官员名称，入道指皈依佛道之人）指的是藤原基氏（1276—1316）。"庖丁"（菜刀）可用来指厨师，由此也可以看出在日本料理中刀法的重要性。图中的别当入道，手不触鱼，手法纯熟地使用菜刀与筷子料理鲤鱼。

第二百三十一段

　　园别当入道①，乃无双之庖丁。某家主人取上佳鲜鲤示于宾客，在座者

---

①　园别当入道：指镰仓时代公卿藤原基氏（1276—1316），曾任检非违使别当，1312年出家，法号元空。

皆欲一睹别当入道之庖丁绝艺，却都不便开口。正犹豫间，别当入道已然默察，遂道："吾近期立愿，杀鲤百日以习料理之技，今日自不可缺。还望诸位成全，使吾剖鲤入烹。"于是当场剖鲤示于众人。此举既善体众心，使人如愿，又合宜风趣，在座者无不感佩。有人将此事告之北山太政入道殿①，太政入道言："这等事在吾观来，讨嫌也。何不言：'若无人能料理，且待在下献技。'如此则恰到好处，何必以杀鲤百日为借口？"此语甚堪玩味。彼言之于吾，趣极。

一般而言，刻意造风雅以助兴他人，不如虽无兴而处之泰然。宴请飨客亦是同理，用心安排自是可赞，然不事铺张，平淡待客，更妙。赐人礼物道理亦同，不设托词，直言"此物相赠"，更显诚心实意。倘故作惋惜，以为此物乃对方所期望，或自嘲就当赌博所输之物，必惹人嫌恶。

第二百三十二段

人若能貌似无智无能，甚佳。某人有子，相貌尚可，于父前对人谈论史书，引经据典，听来颇有学问。其实于父辈尊前，莫张扬为妙。

---

① 见第一百一十八段相关注释。

竹生岛月 经正　月冈芳年 / 绘　《月百姿》　明治十九年（1886）　太田纪念美术馆 / 藏

平经正，平清盛的侄子，平安时代末期的武将，著名的琵琶手。

又，于某人宅，正欲听琵琶法师弹唱物语，怅乎取琵琶时，一弦柱脱落。主人道："可制新柱安上。"在场有一清雅男子道："可有旧勺之柄？"其人指甲纤长，一望可知乃琵琶高手。然盲目法师之琵琶，终不以旧勺柄制柱。难道那男子欲借机向众人炫示己身亦晓此道？可笑。又有贵人道："勺柄系用次等桧木制成，易弯折，不宜做弦柱。"

年少者即便小事，亦可从中察其品性优劣。

第二百三十三段

欲求万事无过，最佳之法，凡事以诚相见。与人交往，再无比言少、礼正更得体。男女老少皆能如此，则至妙。特于美貌少年，若言谈举止风度翩翩，更可倾倒众生，令人难忘。世人所厌者，乃自作聪明、狂妄自大且旁若无人者。

第二百三十四段

逢人请教，倘以为对方虽求教于己，但未必丝毫不知，若切实作答恐怕不智，故含糊其辞，随意答之，此谬矣。求教者或知少许，既来问自是为求详悉，岂有全然不知者？坦白以告，则对方必感厚意。

他人未知而己身已知之事，致信时仅言："某事实令人惊诧。"收信者不明所以，回信相询："到底发生何事？"此等事必使人不悦。即便是往事，亦有人并不知晓。再细述一遍，也并非坏事。

大抵未谙人情世故者，皆犯此错。

第二百三十五段

　　有主之宅，外人不得擅入。反之，无主之家，听凭路人随意进出。狐枭因无人气相阻，而公然栖息；树妖木精亦于宅中现形。又，镜因无色无形之故，方能映万物之影。倘镜有色有形，则不能映物。

　　虚空最可容物，我等种种心念浮沉，正因本心不存。若心中有主，则妄念杂思皆不入心胸。

徒然草绘卷（第二百三十五段） 海北友雪／绘 江户时代

　　残破的室内被狐狸和狸猫所占据。屋外的树上可以看到猫头鹰和猿猴的身影。安置有灶台、放置着白的厨房成为了动物的床铺，动物们一副心安理得的样子栖居在人类的家里，仿佛这里是属于它们的。空虚的人也是这样，内心不知不觉被各种杂念所占据。

徒然草绘卷（第二百三十六段） 海北友雪/绘　江户时代

　　图中所绘之人为裹着头巾的圣海上人。从他将法衣的衣袖贴在眼角的动作可知，上人正在流泪。图中狛犬的表情别有一番可爱之感，让人备感轻松。感情丰富的上人也作为一个逗人发笑的片段，融入了整幅图画之中。

第二百三十六段

　　丹波国出云，朝廷迁大社于此，建筑巍峨，飞阁流丹。有名为志太者，于彼处有领地。秋时，志太邀约圣海上人及此外数人道："有请诸位光降出云神社，在下以搔饼相待。"遂与众人齐至神社各处参拜，信仰愈坚。

社前有狮子狛犬①相背向后而立。上人感慨良深，流泪道："诚可贵也。此狮子之立相，实是不可思议，其间必具深意。汝等竟未留意，甚是遗憾！"众人亦感迷惑，齐道："的确异于别处，怕是本地特有，归京后当详告友朋。"上人欲知其故，便呼来一位衣着体面，看似甚有学问之神官，问道："贵社狮子缘何如此立相？定有因由，求赐其详。"神官答道："此不过顽童胡闹所为，并无特别因由。"言毕上前，摆正狮子狛犬，恢复原样。可笑上人空流感慨之泪。

第二百三十七段

物品置于柳筥②之上，纵向置或横向置，应视所置物品而定。卷物一类当纵向置，以纸捻穿木缝牢系。砚台亦应纵向置，笔之放置则以不滚动为宜。以上为三条右大臣殿③所言。

然勘解由小路家④精书法者，从不纵置，例必横置。

---

① 狛犬：并踞于佛寺神社或宫殿前之狮子形雕像。又作高丽犬、胡摩犬、胡麻犬，是日本神道教中护卫法殿的神兽，具有守门的象征意义。左右各一，或均开口，或均闭口，或有一开口含玉。

② 柳筥：用柳木制的放置物品的箱台。

③ 三条右大臣殿：指平安时代公卿、歌人藤原定方（873—932）。924 年出任右大臣，因宅邸在三条，故称。

④ 勘解由小路家：指日本著名书法流派世尊寺流。1002 年，书法家藤原行成将祖父传下的宅邸"桃园第"，改建为世尊寺，其子孙皆擅长书法，这一家传的书风被称为"世尊寺流"。

第二百三十八段

天皇随身近友，记自赞七条，皆马术之事，无关紧要。吾仿其先例，亦书自赞七条：

一、与众人相约赏樱，于最胜光院附近，见某男子纵马疾驰。吾驻足道："诸位且看，若此人二次复驰，马必倒地而彼亦将落马。"众人乃停步观望。男子复上马奔驰，勒马控缰之际，马果倒地，男子亦翻身跌入泥土中。吾所言无误，同行者皆倾服。

二、当今天皇尚为东宫时，御所在万里小路殿。吾因事拜访堀川大纳言殿①，至彼伺候东宫之所，适逢大纳言殿正检阅《论语》四、五、六卷。彼向吾道："太子欲览'恶紫之夺朱'句②，遍观诸书而未获，故命吾检索，是以在此翻书。"吾答曰："此句于九卷某处。"大纳言殿喜道："呀，甚妙！"遂检出该句，急赴御所。此等小事，即便于小童亦举手之劳。然昔时之人纵微末事也要自赞一番。例如后鸟羽院制御歌，询于定家卿③："袖与袂同咏于一首歌中，是否合适？"定家卿答："歌中早有'秋日原野间，芒草之穗如草袂，风吹穗荡似招手，宛若恋人衣袖振'④之先例，是以无妨。"这等小事，定家卿竟也详录于书，云："蒙今上垂问，能引此歌作答，实托赖歌道之神冥佑，行大运也！"九条相国伊通公⑤之款状⑥，亦大书微不足道事，皆属自夸自赞。

---

① 堀川大纳言殿：指镰仓时代公卿源具亲，1323年任权大纳言。
② 出自《论语·阳货第十七》。子曰："恶紫之夺朱也，恶郑声之乱雅乐也，恶利口之覆家邦者。"
③ 定家卿：见第一百三十九段关于京极入道中纳言的注释。
④ 见《古今和歌集·秋歌上》。
⑤ 九条相国伊通公：同九条太政大臣，见第六段。
⑥ 款状：记录自身功勋而请求朝廷奖赏、升官的诉状。

徒然草（全译彩插珍藏版）

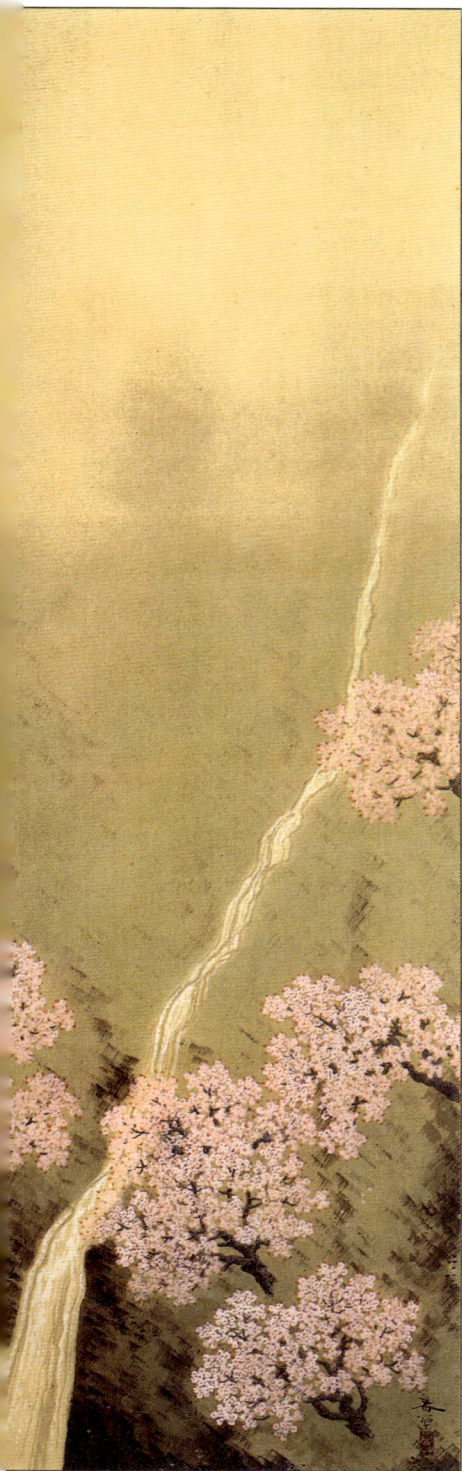

三、常在光院之钟铭，乃在兼卿①所草，行房朝臣②誊写。将铸模时，奉行入道取草稿示吾，其中有一句"花外送夕声闻百里"。吾道："铭文为阳唐之韵③，百里有误④。"入道言："庆幸得君斧正，贫僧有功也。"遂将错处转告撰者。撰者传话道："确实有误。请改'百里'为'数行'。"然"数行"何意？意为"数步"？实令人不解。

"数行"其实仍不妥。"数"不过四五也，于四五步外闻钟声，并不远。而此句本意，系言钟声能远闻。

与众结伴赴三塔⑤巡礼。横川之常行堂中，有古匾额，上书"龙华院"。堂僧郑重道："此撰者疑为佐理⑥或行成⑦，难有定论。"吾道："如系行成所撰，背面必有署名；如系佐理则背面无名。"翻至匾额背面，但见积满尘埃、虫巢。清扫干

① 在兼卿：指伏见天皇至后醍醐天皇五代侍读菅原在兼（1249—1321）。
② 行房朝臣：指镰仓至南北朝时代公卿、世尊寺流著名书法家藤原行房（？—1337）。
③ 阳唐之韵：平声韵，特点是发声较平和。
④ "里"是仄声韵，不合阳唐之韵。
⑤ 三塔：比叡山的建筑群分为称作"三塔"的三大区域。三塔指东塔、西塔、横川。
⑥ 佐理：指日本草书第一人藤原佐理（944—998）。其优美而有跃动感的笔迹被称为"佐迹"。与小野道风、藤原行戒并称"三迹"。
⑦ 见第二十五段关于行成大纳言的注释。

净后，赫然显行成官阶、名字及年号等。众人悦服。

五、道眼圣僧于那烂陀寺讲经时，忘八灾①之名，遂问弟子："汝等可知？"无一人能应。吾于局②内逐一细述八灾之名，在座者皆叹服。

六、吾伴贤助僧正赴加持香水仪式③。仪式未完，僧正欲归。退出至阵④外，却不见同来之僧都。乃命身旁法师折返寻找，耗时颇久，回报道："内中法师皆相似，故不曾寻到。"僧正谓吾道："这可如何是好？劳驾阁下帮忙寻觅。"吾乃入道场，旋即于众僧中领僧都出。

七、二月十五日，明月皎洁，夜静更深，吾孤身造访千本释迦堂，遮掩己貌，自后而入，坐席听法。忽有一姿容风韵均极出众之高贵女子，排众而坐于吾膝前。吾觉此举不当，遂移膝退避。孰料女子复进，吾不得不再避，终至起身离席。事后吾与御所某年老女官闲话，女官道："有人对阁下不近女色颇轻蔑，更有人怨阁下寡淡无情。"吾道："在下实不知此言何指。"闲聊就此终止。此后吾方知晓，那夜听法之时，局内有人见吾至，特命贴身女侍浓妆艳抹，来吾膝前，更嘱其云："若得机会，便与之对谈。归来后详述彼之反应，当甚有趣。"原来乃一闹剧。

第二百三十九段

八月十五日、九月十三日乃娄宿⑤日。此宿清明澄亮，故当夜堪为赏月良夜。

---

① 八灾：忧、喜、苦、乐、寻、伺、出息、入息之八法为妨害禅定者，称为八灾。
② 局：用垂帘隔开的听讲席。
③ 加持香水仪式：密宗之祈祷式，将混合白檀、沉香、龙脑等香的净水散洒，以净化道场或供具。行此法时，须结印契，并持诵真言以加持香水。
④ 阵：护卫法事顺利进行的队列。
⑤ 娄宿：西方七宿之二，有三星，属白羊座。娄通"屡"，多吉，其星明，象征国泰民安。

浮世百姿

櫂をとる かやりの舟の 川しるく 花のさかりも すぎゆくや 月

二六七

第二百三十九段

水木辰之助　　月冈芳年／绘　《月百姿》　明治二十四年（1891年）　太田纪念美术馆／藏

樱花绽放隅田川，泛舟暮霭沉沉间，关屋赏月自凭栏。——水木辰之助

雪　　鸟居清长 / 绘　　庆应义塾 / 藏

　　在梅花溢香的雪夜，若能陪伴心仪女子身旁，纵使不能回首，日后回忆起来也是美好的。

第二百四十段

　　两情相悦而畏人耳目，趁夜幽会，虽女子监护人甚多，然内心热切，必欲一见。此等恋情日后思之，刻骨铭心。倘经女子之父母兄弟应允，毫无阻滞，明媒正娶，则其兴不免平淡。

　　艰于谋生之女子，面对本不匹配之老法师，甚或粗鄙之关东人，只因贪慕彼等钱财，便主动提出"愿侍奉君前"。媒人亦从中竭力美言，遂将这不知根不知底的女子娶入家门。如此又有何意思呢？这般夫妇，何来共同话题？与之相反，若伉俪间如歌中所咏："纵然情路坎坷，亦相思难忘。"忆起往昔为求一见而不顾一切之情形，则情话缠绵，永无尽时。

他人撮合之婚姻，难免会彼此嫌恶，致生不快。无品无貌、垂垂老朽，却要美貌女子委身于己，必自惭形秽，心中极不自在。而女子也必被人看轻，双方俱尴尬难堪。

或于梅花溢香之朦胧月夜，陪伴心仪女子身侧；或听凭墙垣野草之露沾湿衣襟，共她一道头顶晓月归去。若无此等旖旎情事供日后回忆，莫奢望能百年好合。

第二百四十一段

望月之圆，何曾暂住，转瞬即缺。未留意者，绝难见一夜间月盈月缺之变化。重病之情形，亦时刻变化，不得暂住，死期转眼即近。然病情若非危殆，尚未至死时，便做惯性之思，耽于常住平生之念，欲成就多般事业后，方思静心修道。可惜届时已病入膏肓，濒临死门，所愿一事无成，不禁悔恨懈怠，荒废大好年月。默思若得康复，保全性命，当夜以继日，成就此事彼事。虽发此大誓，却抵不住病情加重，昏昏沉沉，举止错乱，终撒手人寰。世上之人，以此类最多。故此等事须优先谨记心中。

所愿成就之后，方将余暇转奉佛道，然所愿之事无穷无尽，如梦幻之一生中，可成何事？凡所愿皆妄想，所愿心起处，当知乃妄信迷乱，一事亦不可为。万事放下，倾心佛道，心无障碍，所作无为，身心方得长安。

第二百四十二段

人生总为顺逆之事烦忧，乃因羁绊于苦乐。乐者，人心所喜，求之不

徒然草（全译彩插珍藏版）

千代能　月冈芳年/绘　《月百姿》　明治二十二年（1889 年）　太田纪念美术馆/藏

满水之桶底脱落，无水无月皆为空。

二五四好今样美人　歌川国贞 / 绘　文久三年（1863 年）太田纪念美术馆 / 藏

止。欲求第一为名，分二种，品德与才艺之誉；第二为色欲；第三为美味。人欲万千，此三种最甚，尽起于颠倒之相[1]，诸般苦恼由此生发。宜抛舍勿求。

---

[1] 颠倒之相：指凡夫未得正见，有四种颠倒妄想——常颠倒、乐颠倒、我颠倒、净颠倒。即凡夫不知此迷界之真实相，而于世间之无常执常、于诸苦执乐、于无我执我、于不净执净。凡夫若能化四倒为正见，即可转凡入圣。

本图描绘了抓住父亲衣袖向父亲提问的顽皮的兼好，以及满脸通红难以回答的兼好之父。据说兼好之父经常向别人提起这件事，"儿子不断追问我，与我都不知该如何作答了。"兼好之父以此为乐。

第二百四十三段

　　吾年八岁时，问父亲道："佛为何物？"父亲答："佛即人所成。"吾又问："人如何成佛？"父又答："依佛之教诲。"吾再问："佛教人，而谁教佛？"父再答："乃先辈佛。"吾又问："如此则谁为最先之佛？"父笑答："或系空中降下之佛，或自土中冒出之佛，实难确知。"事后父亲语于诸人道："究根结底至此，实在无言以对！"

《徒然草》 抄　周作人 / 译

小引

　　《徒然草》是日本南北朝时代（1332—1392）的文学作品代表。著者兼好法师（1282—1350）本姓卜部，居于京都之吉田，故通称吉田兼好。初事后宇多院上皇，为左兵卫尉，一三二四年上皇崩后在修学院出家，后行脚各处，死于伊贺，年六十九岁。今川了俊命人搜其遗稿，于伊贺得歌稿五十纸，于吉田之感神院得散文随笔，多贴壁上或写在经卷抄本的后面，编集成二卷凡二百四十三段，取开卷之语定名《徒然草》。近代学者北村季吟著疏曰《徒然草文段抄》，有这一节可以作为全书的解题。

　　"此书大体仿清少纳言之《枕草纸》[①]，多用《源氏物语》之词。大抵用和歌辞句，而其旨趣则有说儒道者，有说老庄之道者，亦有说神道佛道者。又或记掌故仪式，正世俗之谬误，说明故实以及事物之缘起，叙四季物色，记世间人事，初无一定，而其文章优雅，思想高深，熟读深思，自知其妙。"

　　关于兼好人品后世议论纷纭，迄无定论：有的根据《太平记》二十一卷的记事，以为他替高师直写过情书去挑引盐冶高贞的妻，是个放荡不法的和尚，或者又说《太平记》是不可靠的书，兼好实在是高僧，又或者说他是忧国志士之遯迹空门者。这些争论我们可以不用管它，只就《徒然草》上看来他是一个文人，他的个性整个地投射在文字上面，很明了地映写出来。他的性格的确有点不统一，因为两卷书里禁欲家与快乐派的思想

---

① 即《枕草子》。

同时并存，照普通说法不免说是矛盾，但我觉得也正在这个地方使人最感到兴趣，因为这是最人情的，比倾向任何极端都要更自然而且更好。《徒然草》最大的价值可以说是在于它的趣味性，卷中虽有理知的议论，但决不是干燥冷酷的，如道学家的常态，根底里含有一种温润的情绪，随处想用了趣味去观察社会万物，所以即在教训的文字上也富于诗的分子，我们读过去，时时觉得六百年前老法师的话有如昨日朋友的对谈，是很愉快的事。《徒然草》文章虽然是模古的，但很是自然，没有后世假古典派的那种扭捏毛病，在日本多用作古典文入门的读本，是读者最多的文学作品之一。以下所译十四节是我觉得最有趣味的文章，形式虽旧，思想却多是现代的，我们想到兼好法师是中国元朝时代的人，更不能不佩服他的天才了。

一 忧患

有遭逢忧患，感到悲伤的人，不必突然发心剃发出家，还不如若存若亡的闭着门别无期待地度日更为适宜。显基中纳言曾云，"愿得无罪而赏谪居之月"，其言至有味。

二 长生

倘仇野①之露没有消时，鸟部山②之烟也无起时，人生能够常住不灭，恐世间将更无趣味。人世无常，倒正是很妙的事罢。

遍观有生，唯人最长生。蜉蝣及夕而死，夏蝉不知春秋。倘若优游度

---

① 案仇野是墓地之名。
② 鸟部山为火葬场所在地。

日，则一岁的光阴也就很是长闲了。如不知厌足，虽过千年亦不过一夜的梦罢。在不能常住的世间活到老丑，有什么意思？语云："寿则多辱。"即使长命，在四十以内死了最为得体。过了这个年纪便将忘记自己的老丑，想在人羣①中胡混，到了暮年还溺爱子孙，希冀长寿得见他们的繁荣：执着人生，私欲益深，人情物理都不复了解，至可叹息。

三 中年

年过四十而犹未能忘情于女色的人，若只蕴藏胸中，亦非得已，但或形诸言词，戏谈男女隐密以及人家闺阃②，则与年岁不相应，至不雅观。大抵难看难听的事有这几种：老人混在青年中间，妄说趣话；卑贱人说世间权贵和自己如何要好；穷人好酒宴，铺张燕客。

四 女色

惑乱世人之心者莫过于色欲。人心真是愚物。色香原是假的，但衣服如经过熏香，虽明知其故，而一闻妙香，必会心动。相传久米仙人见浣女胫白，失其神通，实在女人的手足肌肤艳美肥泽，与别的颜色不同，这也是至有道理的话。

（案《元亨释书》卷十八云，"久米仙人者和州上郡人，入深山学仙方，食松叶，服薜荔。一日腾空飞过古里，会妇人以足踏浣衣，其胫甚白，忽生染心，即时坠落。"）

---

① 羣：qún，同群。
② 阃：kǔn，意思是门槛。

五　诃欲

女人丰美的头发特别容易引人注意。人品性质，只听说话的样子，就是隔着障壁也可以知道。有时单是寻常起居动作，亦足以迷乱人心。即使女已心许，却总还不能安睡，毫不顾惜自己，能受不可忍的苦辛，这都是为恋爱的缘故。

爱著之道根深源远。六尘之乐欲虽多，皆可厌离，其中唯有色欲难以抑止，老幼智愚莫不如是。故谚曰，以女人发作绳，能系大象，以女人屦作笛，能招秋鹿。所当自戒，应恐惧谨慎者，即此惑溺也。

（案《大威德陀罗尼经》云："乃至以女人发作为纲维，香象能系，况丈夫辈。"吹笛引鹿系日本传说。）

六　好色

男子虽多才艺而不知好色，至为寂寞，殆如玉卮之无当也。濡染霜露，彷徨道涂，父母之训诫，世人之讥评，悉不暇听闻，尽自胡思乱想，然而终于仍多独宿，夜不成寐，如此生涯，至有风趣。但亦非一味游荡，须不为女子所轻，斯乃为佳耳。

七　独居

妻之为物盖非男子所应有者。听人说是永久独居，最为愉快。偶闻人言某已入赘，或某娶某女，已同栖了，令人对于男子生卑下想。如娶寻常女子，人将轻蔑曰，"这样的女子也好，所以便配合了。"如女稍佳，又曰，"男子一定非常珍重，当作菩萨供养罢！"若真是美人，人言亦愈有因。且管理家务的女子至可惋惜，有了儿童，提携爱抚尤为烦苦。男子死后，留下女子剪发为尼，渐即老丑，是即在死后尚极不愉快也。无论如何女人，朝夕相对，恐亦将厌足疏远，在女子亦当感到冷淡。不如分居，男子时往聚会，虽历时久远，交情可以永续。偶尔往访，辄复留连，亦殊有情趣。

（案这所说的办法与近来蔼理斯夫人所主张的"半分离的结婚"（Semi-detached Marriage）相似，不过更是浪漫的罢了。《徒然草》第二百四十段中反对父母之命、媒妁之言所结合的夫妇，他说，"不知他们第一句是说什么话？"这真是大家都想问的一件事。他以为只有情人团聚，"互说往昔相思的苦辛，约会的艰难，这总有不尽的情话。"此节更反对结婚，老法师的波希米人性质益发现无遗了。

八　饮酒

在现世间饮酒则多过失，丧财，招病。虽云酒为"百药之长"，百病皆从酒生：虽云酒可忘忧，醉人往往想起过去忧患至于痛哭。又在来世丧失智慧，破坏善根，有如火烧，增恶破戒，当堕地狱。佛说，"与人饮酒者五百世无手。"

酒虽如是可厌，但亦有难舍之时。月夜，雪朝，花下，从容谈笑，偶饮数杯，能增兴趣。独坐无聊，友朋忽来，便设小酌，至为愉快。……冬日在小室中，支炉煮菜，与好友相对饮酒，举杯无算，亦快事也。

（案此篇系第百七十五段之一部分，原文颇长，故从摘译。）

九 自然之美

无论何时，望见明月便令人意快。或云，"无物比月更美。"又一人与之争曰："露更有味。"其事殊有趣。其实随时随地无有一物不美妙也。

花月无论矣，即风亦足动人。冲岩激石，清溪之流水，其景色亦至佳美。曾见诗云，"沅湘月夜东流去，不为愁人住少时。"觉得很有兴味。嵇康曾云："游山泽，观鱼鸟，心甚乐之。"在远离人居水草清佳之地，独自逍遥，可谓最大之悦乐。

十 秋月

秋月特佳。或云，月总是如此，不能辨别，殊乏雅趣。

十一 读书

独坐灯下，披卷诵读，与古人为友，是最上的慰安。其书则《文选》之妙文，《白氏文集》，老子之书，《南华》之篇，以及此土学者所作，在古文学中多有妙品。

十二 法显的故事

或闻法显三藏往天竺，见故乡之扇而悲，又卧病思得汉食，曰，"如此高人，奈何示弱于异国。"弘融僧都却称叹曰，"真是多情的和尚。"此言殊无法师气，一何蕴藉乃尔。

十三　爱生物

家畜中有牛马，加以羁绊，虽亦可悯，唯系日用必需之物，亦属无可如何。狗能防守，视人为胜，也不可缺，但他家多畜此物，偶不畜养别无妨碍。此外鸟兽皆属无用之物。禁走兽于槛中，加以锁系，剪飞禽之羽翼，闭诸樊笼，使其怀念天云，眷念山野，忧闷怅望，无时或已。设身处地，不能忍受，有情之人岂忍以此为乐乎？虐待生物，用以娱目，此桀纣之心耳。王子猷爱鸟，但观林中飞鸣之鸟以为逍遥之友伴，不捕而凌虐之也。"珍禽奇兽不育于国"，《尚书》亦云。

十四　人生大事

为无益之事而费时日者谓为愚人可，谓为谬人亦可。对于君国应为之事已多，其余暇日无几。人所不得不营求者，一食，二衣，三住居。人生大事不过此三者。不饥，不寒，不为风雨所侵，闲静度日，即为安乐。但人皆不免有病。如为疾病所犯，其苦痛殊不易忍，故医药亦不可忽。三者之上，加药成四。凡不能得此四事者为贫，四事无缺者为富，四事之外更有所营求者为贪。如四事节俭，无论何人当更无不足之虑也。

上边十四篇中有九篇系去年旧稿，其余均系新译。原文虽系古文，我却不想用古文去译它，但终因此多少无意地夹进一点文言去，——这个我也不复改去，因为要用纯粹白话来译也似乎是不大可能的。一九二五年三月六日译校竟记。

《徒然草》 选译　郁达夫 / 译

序段

信无聊的自然，弄笔砚以终永日，将印上心来的无聊琐事，浑浑沌沌，写将下来，希奇古怪，倒着实也有点儿疯狂的别趣。

第一段

却说，人生斯世，谁也免不了有万千的愿望。天皇位居至尊，实在是诚惶诚恐，高不敢攀。皇族的枝枝叶叶，决非人间的凡种，其尊其贵，也是当然。一人之下，万人之上的摄政关白（朝廷重镇，以现代官制来翻译，应是执掌全权的内阁：辅成王的周公，挟天子的曹操，庶几可以当得。）的行状，更可不必提起：就是寻常的朝贵，凡由天子敕赐随身护卫之臣的，都是尊严无比之属，他们的子子孙孙，即使沦落，也总带有些娇羞的风趣，别著幽闲。自此以下，若随他风云的身分，逢时得令之辈，则虽装得满面骄矜，自鸣得意，由旁边的冷眼看来，可真一无足取了。

象做僧侣的法师那么不为人所欣羡的人，世上原也很少。清少纳言（《枕草纸》的作家，清原元辅之女，仕一条天皇皇后定子，与日本有数之女诗人紫式部齐名。）所说的"被人家视同木屑"之话，真是一点儿也不错。假令声势喧赫，即使做了有官有位的红僧，也不见得怎么样的了不得：正如增贺（参议橘恒平之子，系大和多武峰的高僧。）圣僧之所言，徒囿役于世上的名闻，得毋背于佛爷的御教！不过一心专念，修道弃世之人，倒也颇有为我们所欣羡的地方。

容貌丰采的超群，原是凡人都在愿望的盛事。发言有致，而趣味津津，话不多谈，而使人相对不厌，岂非很好。至若外貌堂堂，而语言乏味，终于被人看出下劣的本性，那又是痛心的恨事了。

人品容貌原是天生成的，可是人的心，却为什么不可以贤之更贤，精益求精地改移呢？本来是容貌根性都好的人，若没有了才学，交错入人品不高，容颜卑恶的群中，并且还更比他们不上而被压倒的时候，这才真是意外的丑事。

真正的可贵可慕之事，是有用的实学，文字的制作，和歌的赋咏，音乐弦管的才能，故实礼义的精通与夫朝廷典礼的谙熟，要使都足为人家的模范，才有意思。手笔佳灵而流利，歌声嘹亮而中拍，逢人劝酒，谦让有加，一若非辞不可的苦事，但结果倒也能倾吞下三杯两盏的男子，才是真真的好汉。

第三段

凡百事情样样堪能，而独不解好色的男子，实在是太孤冷的人，大约同一只玉杯的无底，是一样的风情。要每被晨霜朝露所淋沾，彷徨漂泊无定所，心怀着父母的训诫，社会的讥讪，时时刻刻方寸不安，并且还要常常也成独宿的孤眠，而不能安睡终宵者，才觉得其味无穷。可是，也不要一味的惑于女色，由女人看来觉得也不是轻易可以到手的男子，那才是更妙更佳的神技。

第五段

并非是为了身逢不幸，沉入忧思，即使毫无远虑地落发而为僧，但将禅门常闭，使人不知主人的在否，别无期待，只一个人朝朝暮暮在那里过活下去，就此行径，岂不甚美。善哉显基中纳言（即权中纳言源显基，为大纳言俊贤之次子，仕后一条天皇，皇崩后，于大原出家为僧。）之言，他似乎这么的说过，"要并无罪名，而在极边的走流之所，看天而玩月。"这话实在说得不错。

第六段

无论己身高贵的人，更况且并不足道的常人，总还是没有儿子的好。前中书王（即兼明亲王，醍醐天皇的皇子，善诗文，仕至中务卿，故曰中书。）九条的太政大臣（即藤原伊通，仕二条天皇，有二子，俱早殁。）花园的左大臣（即源有仁，辅仁亲王之子，历仕鸟羽、崇德、近卫的三朝，保延二年进位左大臣。）都愿意没有子孙。《大镜》的作者也借世继翁所谈的故事，评染殿的大臣说，"子孙总是没有的好，后代的不振，实在是一件坏事。"圣德太子（用明天皇的长子，入承推古天皇，为皇太子，日本佛教的兴隆，实圣德太子一人之功。）于生前筑茔圹的时候，据说也曾这样的说过，"这儿把我切了，那儿把我开断了，我原不想有子孙的。"

第七段

爱宕山野的朝露，鸟部山麓的青烟，若永无消失的时候，为人在世，也象这样的长活下去，那人生的风趣，还有什么？正唯其人世之无常，才感得到人生的有味。

统观生物，只有人最长命。蜉蝣不知朝暮，夏蝉不识春秋。胸怀旷达，悠悠而但过一年，也已经是无上的妙境了。贪多无厌，虽过千年，也不过象是一宵的短梦。在这一个住不到头的世界，徒赢得了衰迟的丑相，终于有何益处？寿命长了，耻辱也多。最多是活上了将近四十而死，那便是顶漂亮的处置。

过了这一个年纪，就再也没有自惭形秽之心，只想在人前露面，直到夕阳的晚境，还爱子孙，预测着儿孙的腾达飞黄，徒深贪图苟活的心思，凡百的情趣，一概不知，老年丑态，就将毕露了。

第八段

人世上惑人之事，无如色欲，人心真是愚妄的东西。香料的熏添，本属假暂，明知衣上的浓香，为时不久，但对于难耐的芳馨，也必势难自禁，少不得鹿冲心头。久米仙人见了水边洗物的女人白腿，便失神通，实在是为了手足皮肤的纯美，肥白光鲜，不同凡艳，他的从空下坠，也是应该。

（注）元亨释书十八：久米仙人，和州上郡人。入深山，学仙法，食松叶，服薜荔。一旦腾空，飞过故里，会妇人以足踏浣衣，其胫甚白，忽生染心，即时坠落。

《徒然草》，为日本兼好法师的随笔集：法师生长于建武中兴的时代（当十四世纪中叶，我国元顺帝时），实为吉野朝一大学者，兼通神儒佛道，而行文又能将汉文和语，融冶一炉。思想脱胎老庄，但文体则于清少纳言之《枕草纸》为近似。《徒然草》在日本，为古文学中最普遍传诵之书，比之四子书在中国，有过之无不及。日本古代文学，除《源氏物语》

外，当以随笔日记为正宗，而《徒然草》则又随笔集中之铮铮者，凡日本人之稍受教育的人，总没有一个不读，也没有一个不爱它的。我在日本受中等教育的时候，亦曾以此书为教科书，当时志高气傲，以为它只拾中土思想家之糟粕，立意命题，并无创见。近来马齿加长，偶一翻阅，觉得它的文调的谐和有致，还是余事，思路的清明，见地的周到，也真不愧为一部足以代表东方固有思想的哲学书。久欲把它翻译出来，以自消磨空闲岁月，无如懒惰性成，译不到一个钟头，就想搁笔。而原文文调的铿锵，实在也是使我望而却步的一大原因。现在先将头上的几段，勉强译作时文，深望海内外的同好者，有以教我。

《徒然草》的注释书，在日本同《源氏物语》的注释本一样，真是汗牛充栋，不知有几百几千：大致以《文段抄》为最简明。这几段译文所根据的原书，也就是这个本子。

在中日外交纷拏的今日，将这种不符合实用的闲书翻译出来，或者要受许多爱国者的指摘。但一则足以示日本古代文化如何的曾受过我国文化的影响，再则也可以晓得日本人中原也有不少是酷爱和平，不喜侵略，知我国的一般只知读书乐业的平民，则此举也不能全说为无益。假使世界太平，生活安定，而我个人的身体康健的话，我倒很想在这一二年中，静心译出几部日本中古以后的日记随笔集来，以飨读者，这或者比空言亲善，滥说文化沟通等外交辞令，总要比较得实在一点。

一九三六年一月十日译后记

原刊于《宇宙风》半月刊第十期（1936-02-01）

《方丈记》 [日] 鸭长明/著　王新禧/译

一　流水泡沫

　　浩浩河水，奔流不息，但所流已非原先之水。河面淤塞处泛浮泡沫，此起彼伏，骤现骤灭，从未久滞长存。世上之人与居所，皆如是。

七难图卷　圆山应举/绘　江户中期
　　世间的一切，就像牵牛花上的露珠。很多事物转瞬即逝，无论拥有多少美屋、华服，一场大水过后，就都化为泡影。

繁华京都，铺金砌玉，豪宅鳞次栉比，甍宇齐平。无论贵贱，所居宅邸看似能世代流传，然细加寻访，可知往昔屋舍留存者甚少。或去岁遭焚，今年重建；或豪门没落，变为小户。居者亦然。虽居处未变，人丁见旺，但昔日相识者，二三十人中仅余一二。朝死夕生之常习，恰似泡沫。

不知生者死者，由何方来，又向何方去。亦不知暂栖此世，为谁烦恼，为谁喜悦。居者及宅邸无常之情形，便如牵牛花上之露。或露坠花存，但一遇朝阳，立时枯萎；或花谢而露未消，但终挨不过日暮。

二　安元大火

自吾识人事迄今，已历四十余春秋，世间不可思议之事，屡见不鲜。

安元三年[①]四月廿八日夜，烈风劲吹，呼啸不宁。戌时[②]许，自京都东南起火，迅即延烧至西北，旋又波及朱雀门、大极殿、大学寮、民部省各处，一夜间过火之地俱成灰烬。

大火似由樋口富小路舞人所宿简易小屋而起。强风猛刮，火借风势，如扇面张开般向四面八方蔓延。远处人家蔽于浓烟，近处则遭烈焰吞噬。空中烟尘滚滚，火光映红四周。风助火势，如飞延烧，席卷一二町[③]而去。火中众人，个个惊惶，或受烟熏倒地，或被卷入火舌烧死，或弃尽家财孤身逃命。七珍[④]万宝俱化为灰烬，损失难以估量。此次火劫，单公卿家即被烧府邸十六栋，一般庶民家焚毁不计其数，殃及京都三分之一。男女死者数十人，牛马之类数之难尽。

① "安元"是日本第80代天皇高仓天皇的第四个年号。安元三年即公元1177年。
② 戌时：又名日夕、日晚等，指19时至21时。
③ 町：日本长度单位，1町约为109.09米。又有街道之意。
④ 七珍：金、银、琉璃、水晶、砗磲、珊瑚、琥珀。

人之营生，皆入于愚中。京都如此危境，却耗尽资财，煞费苦心建屋盖楼，当真无谓至极。

三　治承旋风

治承四年^①卯月^②廿九日，自中御门京极^③附近刮起大旋风，直至六条。三四町范围内屋宅俱受旋风侵袭，无论大小，悉遭损毁。或当场倒塌，或仅存桁柱。门被吹飞四五町远，墙垣亦被刮倒，邻舍间再无界隔。家中资财飞散空中高达数尺，桧皮、葺板^④等，如寒冬之树叶，飞舞半空。狂风怒号，烟尘蔽日，目不见物，耳畔唯闻呼呼声，难辨话语。只怕地狱之业风^⑤亦不过如此。不但屋舍毁损，抢修房屋时，丧生、残疾者更是无

---

① "治承"是高仓天皇的第五个年号。治承四年即公元 1180 年。

② 卯月：阴历四月。

③ 中御门京极：中御门大道与京极大道的交点。

④ 葺板：平民房屋的屋顶所铺的细长板。

⑤ 业风：恶业所感之猛风，吹于地狱中。

七难图卷　圆山应举／绘　江户中期

不管有多少财富，有多少栋房屋，经过一场大火便化为灰烬，又何必苦心建屋盖楼？

数。此旋风其后移转西南方，想必又将有诸多人家遭灾哀叹。

旋风常见，却绝无此番经历之恐怖。难道神佛有何警示？实令人起疑。

四　迁都福原

治承四年水无月①，突然传令迁都。此事实大出意料之外。平安京之起源，据闻始于嵯峨天皇治世时，自定都以来，迄今已历数百岁②。无特殊缘

①　水无月：日本旧历的六月。日本六月进入梅雨季节，人间几乎每天下雨，而天界无水，所以叫水无月。其中的"无"是连体助词"な"，即"水の月"的意思。

②　平安京于公元794年桓武天皇定都起，至作者所处的治承四年（1180年）平清盛挟持后白河法皇、高仓上皇及安德天皇强行迁都福原止，其间历三百八十六年为日本首都。迁都后，因平家在富士川之战失利，又在同年十一月将首都迁回平安京。

由，本不应轻易迁都。世人为此忧心忡忡，也是理所当然。

　　然多言无益，天皇、大臣、公卿等，皆已移往新都。但凡身有官职者，怎肯独留旧京？期望升官及仕途得意者，沐主君深恩，自然竭力争取早迁新都；而失意落魄、心无所望者，只能唉声叹气，滞留旧京。昔时并立争奢之豪宅日渐荒废。家家俱编梁木成浮筏，投入淀河，载家私器皿，运往福原。宅基尽变农田，人心更是大变，唯珍视马、鞍，而牛、车尽废。西南海领地人人皆盼，东北庄园个个不愿。①

　　彼时，吾因事赴津国今京②。见其土地狭小，不足以划割条里③。北面沿山过高，南面近海极低。波涛阵阵喧扰，海风呼啸猛烈。皇居建于山中，令人唏嘘：想必木丸殿④就是这般模样。待世风变时，倒颇能显幽雅意趣。每日拆旧都栋木，填塞河道漂流运来，却在新都何处重建？满目空地，新建屋宅少之又少。旧都既弃，新都又难于营建，人民颠沛飘零，愁苦不堪，如置身浮云之中。原本就居住福原者，为失去土地而不满；刚刚迁居福原者，又为新居土木劳苦而叹息。放眼道路，惯乘车者不得不骑马；本应衣冠布衣⑤者，却穿着直垂。国都之风尚急剧变更，已与穷乡僻壤之武士无异。"世乱而无瑞相。"此言甚是。日日骚动不宁，人心动荡，民生困苦已成事实。不得已，至同年冬，天皇又还都平安京。然家家户户屋宇尽拆，叫人宿栖何处？即便重建，亦未必能恢复原先模样。

---

① "西南海领地"指当时掌握朝廷实权的平家势力范围，主要在九州、四国；"东北庄园"指当时谋叛的源氏势力范围，主要在东海、北陆、东北。迁都之举，是平清盛为使平家统治地位世代延续，而强行决定将国都迁到平家根基牢固的福原。

② 津国今京：新都福原在摄津国境内。摄津国又称摄州，属京畿区域，为五畿之一。

③ 条里：日本京都模仿唐朝都城，建筑呈长方形排列，以贯通南北的朱雀路为轴，分为东西二京，东京仿洛阳，西京仿长安，街道纵横，对称相交，土地规划十分齐整。"条"指东西的区划，"里"指南北的区划。

④ 日本齐明天皇欲统兵渡海西征朝鲜，于661年亲赴筑紫朝仓宫，建临时御所，称"木丸殿"，颇简陋。

⑤ "衣冠"是公卿在宫中参见时穿的官服；"布衣"指公卿的便服。

传闻上古圣人在位，以仁爱治国，天下大治；茅茨不翦，采椽不斫①。又有贤君，见民炊烟转疏，即命减免课税②。此类善政，皆为惠民救世。今昔对比，优劣立分。

五　养和饥馑

约在养和③年间（年深日久，已记不甚清），世间饥馑绵延，其惨状笔舌难尽。春夏旱魃肆虐，秋季又大风洪水，灾变相继而至，五谷绝收。仅有春耕夏作之劳，却无秋收冬藏之喜。

是故诸国之民或弃地离乡，或舍家入山。朝廷御祈、寺社行特殊秘法，均无效验。京都日常生活，一应物资供应，皆赖乡村。而今无物运入京中，登时秩序大乱。京中百姓人心惶惶，终不能耐，纷纷廉价抛售家贩以购粮，却无人问津。财宝换粮，遂致金贱粟贵。道路乞食者日多，悲愁之声不绝于耳。

苦熬过养和元年，世人皆盼翌年饥荒能缓。然而大饥依旧，又增时疫，境况愈糟，已无计可施。世人个个饥饿，穷窘艰困，如乏水之鱼。迫不得已，连戴笠包足、衣着得体者，竟也不顾身份，挨家乞食。有时行走间，突然不支倒地，就此气绝。土墙前大道旁，饿死者不计其数。死尸不及收殓，腐臭味飘满京都，不少尸体已腐烂，难辨面目。贺茂河原边死尸堆积如山，马与牛车均无路通行。卑微之农夫与樵夫，亦筋疲力尽，无法

---

① 语见《韩非子·五蠹》："尧之王天下也，茅茨不翦，采椽不斫。"比喻崇尚俭朴，不事修饰。

② 事见《日本书纪·卷十一·仁德纪》："朕登高台以远望之，烟气不起于域中。以为百姓既贫而家无炊者……今朕临亿兆，于兹三年，颂音不聆，炊烟转寡。即知五谷不登，百姓穷乏也……诏曰：'自今以后，至于三载，悉除课役，息百姓之苦。'"

③ 养和：日本第81代天皇安德天皇的年号，时在公元1181—1182年。

伐薪担柴，城中柴火随即奇缺。饥寒交迫者不得不自拆屋宅，将木材拉去市集出售。只是一人所售柴火，仅够延一日之命。更有怪事发生，薪柴中，竟混杂有包含赤丹涂料、金箔银箔之木。质问之下，才知是走投无路者入古寺偷盗佛像，毁坏堂上佛具后，劈成碎块充作薪柴出售。当此浊恶暗世，方见此悲惨无耻之事。

但恶世亦有令人感动事。有夫妇彼此难离，爱最深者必先死。究其故，轻己身而重对方，执意将甚难入手之食让予爱人。似此，家有子女者，必先亡双亲。又有婴孩不知母亲已亡，仍吮乳偎依怀中。仁和寺慈尊院大藏卿隆晓法印①，见亡者无数，心中悲悯，每见尸首，便于其额书写"阿"字②，以促死者与佛结缘。为知死者之数，于四五两月清点，京都城中，一条南、九条北、京极西、朱雀东，弃于沿途之尸首，共计四万两千三百余具。此两月前后亡者亦多，加上河原、白河、西京各周边地域，实难计清。况且尚有七道诸国③。

据闻崇德院④在位时，大约在长承⑤年间，亦有大饥馑，但只是听闻，实际状况未知。而此番养和饥馑则亲眼所见，当真惨绝人寰。

---

① 隆晓法印：著名歌人源俊隆之子，村上源氏一族，世袭大藏卿，后出家为真言宗高僧。"法印"是僧界最高阶位。"慈尊院"为仁和寺子院。

② "阿"字：指梵文第一个字母**अ**，代表着神圣。

③ 七道诸国：古日本行政区域划分，京畿之外仿中国唐制，以"道"称之，共分为七道：东海、东山、北陆、山阳、山阴、南海和西海。

④ 崇德院：指日本第75代天皇崇德天皇。他名义上是鸟羽天皇的长子，实际上是白河天皇的私生子，即位时只有5岁。白河法皇死后，鸟羽天皇废掉崇德天皇，立3岁的体仁亲王为近卫天皇。公元1155年，近卫天皇去世，崇德上皇希望自己复位，但鸟羽天皇把自己的儿子雅仁亲王扶上了皇位，为后白河天皇。保元元年（1156年），鸟羽天皇病死，崇德上皇联合左大臣藤原赖长发动政变，后白河天皇与关白藤原忠通、平清盛等策划反击，双方爆发了争位之战，即著名的"保元之乱"。最终崇德上皇战败，在仁和寺被擒，流放赞岐。

⑤ "长承"是崇德天皇所用年号，时在公元1132—1135年。

六　元历大地震

元历二年①，又有大地震发生，惨状非比寻常。山崩河决，海水倒灌淹没陆地；大地陷裂，水柱喷涌，巨岩粉碎落入深谷。港湾船只，颠簸漂浮恶浪中；道路骏马，四蹄不稳难立足。京都近郊堂舍、塔庙，无一处完好，或局部崩毁，或彻底倾塌。灰尘漫天，似浓烟滚滚。大地摇撼，屋宇震塌之声，与雷声无异。躲藏家中，随时有塌埋之虞；奔逃屋外，地面又深陷开裂。人身凡躯，既不能似鸟振翅飞翔，又不能如龙升上云天。切身感受，种种灾变中最令人恐惧者，大概便是地震。

于如此凄惨状况中，一名六七岁的武士之子，在土墙瓦屋顶的小屋中玩耍，突遇崩塌。孩子被压倒，粉身碎骨，双眼飞出寸余远而惨死。吾目睹父母搂抱孩子大声哭泣，心中悲哀无限。此子之悲惨遭遇，即便如武士那般粗野之人，亦会不顾一切而痛哭。实是可怜，哀毁逾恒理所当然。②

此次地震震感极强，不过停震也快，但余震不绝。起初震感强烈恒人，每日多达二三十回。十日、二十日后，摇撼渐疏，每日仅四五回、两三回，或隔日、隔两三日才震一回。就这样，余震持续达三月有余。

"四大种"③中，水火风常给世间带来灾害，唯有大地异变较少。昔齐衡④年间，亦有大地震，东大寺大佛佛头震落。但彼时强度绝非今次可比。大地震过后，人皆言世事无常，生于世间了无意味。然日复一日，时过境迁后，此等言语再无人提及。

---

① "元历"是日本第82代天皇后鸟羽天皇的年号。元历二年为公元1185年。
② 本段原文他本皆无，仅见于兼良本，特予补充。
③ 四大种："大"意即广大；"种"有能生之意。佛教认为，色法（物质存在）均由地、水、火、风四大元素所组成，这四元素即四大种。
④ "齐衡"是日本第55代天皇文德天皇的年号。齐衡三年（856年）三月八日发生大地震。

七难图卷 圆山应举/绘　江户中期

　　画面描绘了地震中房屋倒塌，家什四落，人们四处奔逃的场景。

七　处世之不安

　　总而言之，人世艰险，吾自身及所栖之处皆如梦幻，其中苦楚悉如上述。此外，因所处环境、身份不同，烦心之事亦各不相同，数不胜数。

　　若吾以卑微之身，寄居权门篱下，虽有大喜，不能尽欢；虽有深悲，不敢痛哭。进退难安，坐卧悚惧，惊恐之状如雀近鹰巢。若吾贫寒，却与富家为邻，则自惭穷乏，朝夕出入卑屈谄媚。又见妻子童仆艳羡富家之貌，及富人轻蔑无视自家之举，不由心念屡动，时刻难宁。若居于逼仄之所，近邻有火事，不免受累；若居于穷乡僻壤，往返辛劳且有盗贼戕害之

忧。有权势者，贪欲愈深；无所依者，愈遭人轻。有财则多恐，无财恨愈深。有求于人，身则为他人所有；若关心他人，身心又为恩爱所缚。屈从世俗，身心窘困；若不随波逐流，又被视为疯癫。究竟该宿于何处，从事何业，方能令身心暂得休憩？

八　出家遁世

吾继祖母家宅，长久居于彼处。此后父亲辞世，家道败落，宅中虽有颇多可堪怀念追忆事，却终不免搬离。过而立之年以后，得偿心愿，自筑一小庵。与先前所住屋宅相较，小庵仅其十分之一，勉强供容身起居，非正式之造屋。筑好土墙，庵门却无力再造，只能以竹柱搭建小棚，权充牛车安置处。每逢降雪刮风，便感危殆。又因小庵临近贺茂河原，既恐洪灾，又惧白波之盗①。

于此艰难之世存身，总算忍耐过来。烦恼忧愁，度过三十载。其间，无数事不得顺意，令吾渐悟己身命运乖蹇。故于五十岁之春时，下决心遁世出家。妻子原无，自无难舍之亲情；官禄更无，则有何可执着？遂卧大原山之云，转眼又历五度春秋。

九 方丈之庵

人生六十似露将消。值此暮年，造余生之宿屋，好有一比，便如建旅人一夜之宿，若老蚕作茧。与壮年之际于河原所筑屋宅相比，百分之一尚不及。谈笑间，流年飞逝，一年老过一年，所居却越来越小。今度新庵，与世间常见居宅迥然不同。面积不过方丈②，高未满七尺。因心中无定居之念，故非购地而建。支柱于地基，再覆以简陋屋顶，立柱与墙壁间用铁钉固定即可。如此简单，乃为有朝一日遇不如意事，便可迅捷移往别地。重筑小庵，也不烦心，所载仅两辆牛车，除运费外，再无开支。

自归隐日野深山后，于庵东搭一小棚，三尺余，为积柴燃薪之所；南面则铺设竹簀子；西面搭阏伽棚③；北侧隔着障子，安置阿弥陀绘像，旁挂普贤菩萨绘像，阿弥陀绘像前置《法华经》。东首靠墙壁处，铺干燥长蕨穗为床。未申④方悬吊竹架，内置三件黑色皮制小箱，分收和歌集、管弦乐书、《往生要集》⑤。小庵一隅倚立琴、琵琶，乃便于分解之琴、琵琶。上

---

① 白波之盗：东汉末年黄巾军起，河东农民领袖郭太于白波谷构筑壁垒，号"白波黄巾"，聚众十万，声势浩大。按儒家史学观，黄巾军乃是乱贼，所以称其为盗。

② 方丈：四方皆一丈。一丈合十尺，三尺合一米。

③ 阏伽棚：安放供于佛前的功德水、香花水的小棚。

④ 未申：古代阴阳五行家以十二支定方位，未申在西南方。

⑤ 《往生要集》：日僧源信撰，共三卷。全书辑录经、论、注等一百六十余部经卷中之往生要义，自984年11月于比叡山横川首楞严院起稿，次年4月成稿。

述即栖身小庵之全貌。

再言小庵四周环境。南有悬樋^①，立于岩上，内中贮水。树林距庵颇近，树枝随手而拾，柴火不乏。此地名为音羽山，葛生茂密，谷树深覆，但向西却视野开阔，乃观念^②之绝佳处。

春赏藤花绵延，若紫云现于西方；夏闻杜鹃啼鸣，如语同赴冥途之约^③；秋时蝉声满耳，仿佛空蝉^④悲世；冬季雪花飘舞，雪积雪消，宛若人生罪障^⑤。倘念佛烦扰，读经不能集中精神时，便尽情休憩。即便懈怠，亦无人妨碍，更无人耻笑。虽独身幽居，可不修无言^⑥，但口业^⑦当修。禁戒不必守，因无禁戒，何来破戒？

晨起远眺冈屋过往航船，恍觉已身如白波舟迹，盗得沙弥满誓之风情^⑧。薄暮风吹枫叶，遥想浔阳江头^⑨，乃效源都督^⑩弹奏琵琶。又有余兴，和松涛抚一曲《秋风乐》，再和水声操一首《流泉曲》。艺虽平平，却非为取悦人耳。自弹自咏，自养心性。

---

① 悬樋：引水筒。
② 观念：净土三部经之一《观无量寿经》中有"日想观"，乃往生阿弥陀佛净土的十六种观法之一："系念一处，想于西方。云作何想？……有目之徒皆见日没。当起想念，正坐西向谛观于日。令心坚住，专想不移。见日欲没，状如悬鼓。既见日已，闭目开目皆令明了。是为日想，名为初观。"
③ 杜鹃别名"死出の田长"，啼鸣于冥途所必经之险山——死出山，导引亡者往净土。
④ "空蝉"原意是蝉蜕变后留下的空壳，后来被佛家引申为"肉身"。因为蝉的生命很短暂，所以"空蝉"一词含有"人无常短暂一生"之意。
⑤ 日语中"积"与"罪"发音相同。
⑥ 无言：佛无语、禅无言、无说无示。
⑦ 口业：又名语业，即由口而说的一切善恶言语。分为妄语、奇语、两舌、恶口四种。
⑧ 《万叶集》第351首，录沙弥满誓歌："人世何以喻，譬若朝发舟。匆匆摇橹去，踪迹遂杳然。"
⑨ 白居易诗《琵琶行》："浔阳江头夜送客，枫叶荻花秋瑟瑟。"
⑩ 源都督：指平安时代后期公卿、歌人、琵琶名手源经信（1016—1097），号桂大纳言。官至大宰权帅，相当于唐朝的都督。

十　日野山闲趣

山麓间有一柴屋，系守山人所居。彼处有一小童常来拜访。吾视之为友，若无要事缠身，必相伴同游。彼十六岁①，吾六十岁，年龄悬殊，然流连山野以慰心之念，却是一般无二。或拔茅花，采岩梨，收集零余子②，摘野芹，或至山脚田地捡拾落穗编结。晴天丽日时，攀峰上岭，遥望故乡天空，木幡山、伏见里、鸟羽、羽束师尽收眼底。胜地无主③，可随心所欲饱览美景。若不辞跋涉，兴致高远时，则再度登峰，越炭山，过笠取，或诣岩间寺，或参石山寺。或穿越粟津原，吊蝉丸翁④故居遗迹；或横渡田上川，寻猿丸大夫⑤之墓。归途中，随季节不同或赏春樱，或采秋枫，或摘野蕨，或拾树果；可奉于佛前，亦可做家中土产。

夜静更深，窗前月下思故人，猿声泪沾袖。萤丛远望，错疑槙岛篝火；晓雨拂叶，恍似山间狂风。闻山鸟鸣声呜咽，惊为亡故双亲呼唤；峰顶之鹿已与吾相熟，吾遂知遁世已久。夜间醒转，翻拣炭火，寝卧以此为老友。此山并不幽深可怖，故枭声听来亦有意趣。山中闲趣，随四季轮回无尽，其情景非只言片语所能道尽。不过于思深虑远、才学渊博者而言，感受必胜于吾。

---

① 《方丈记》日文原版版本较多，此处有的版本写为十岁。

② 零余子：别名薯蓣果，为薯蓣科植物薯蓣叶腋间之珠芽，可内服入药。

③ 出自白居易诗《游云居寺赠穆三十六地主》："胜地本来无定主，大都山属爱山人。"

④ 蝉丸：日本平安时代盲琵琶师，是和歌及能乐界著名人物。

⑤ 猿丸大夫：平安时代歌人，三十六歌仙之一，但身份不详。有人认为他是圣德太子之孙弓削王即弓削道镜；有人认为猿丸是名，大夫是官位，猿丸大夫是五位以上高官；有人认为猿丸大夫是巡游艺人；甚至还有人认为，猿丸大夫不过是对相貌似猴者的称呼。但这几种说法都没有令人信服的依据。

独乐园图卷　仇英/绘　明代　克利夫兰艺术博物馆/藏

夜寝有床，昼歇有座，一身安居，已无不足。

十一　闲居之思

　　徙居此庵，恍然如昨，其实迄今已有五载。小庵渐成故园，庵顶朽叶厚积，地基旁青苔遍生。偶闻京都之事，自吾入山幽居以来，多有贵人辞世，而卑微无名者亡故，更不计其数。屡遭火劫而消失之家不知有几许，唯吾小庵，无事安乐。陋室虽狭，但夜寝有床，昼歇有座，一身安居，已无不足。寄居虫寄身贝内，因恐遭凶险；鱼鹰居荒矶，因畏人近前；吾亦如是。知己知世，无欲无往，但求宁静，无愁最乐。

　　世人营建家宅，未必便为己身，或为妻子眷属，或为亲朋挚友，或为主君、恩师、财宝、牛马而建。吾今时只为自身而结庵，不为他人。若问缘由，今世之无常，己身之境况，既无家族中人同伴，又无可信赖之仆，纵造广厦，有谁来居？又安何人？

与人交友，常人俱首重富贵，能予人实惠者优先，情厚及正直者未必讨喜。如此，莫若与丝竹、花月为友。仆人择友，首顾赏罚，恩厚者先，却不重真心照应、软语体恤及安适生活者。故不如以自身为自身之仆。既言以己为仆，则一应诸事，必要躬体力行。虽说常感倦怠，但与役使他人相比，轻松良多。若须出行，自行迈步即可，辛劳固有，却不必为马鞍、牛车烦累。今分身二用，手为仆，足为乘物，随心所欲；因身知心苦，劳累便歇，健时即役，每回皆不过度。纵然身体懈怠，心中亦不动摇。况常步行、劳动可以养生，何言乃无益之休？使他人辛苦忧烦乃罪业，故不宜借他人之力予己方便。

似此，衣食亦同。藤衣、麻衾随得随用，以蔽肌体。原野之茅花、峰岭树木之果实，随取随食便可延命。不与外人交，即便破衣陋颜，亦不必羞惭。乏粮时，虽粗菜劣果亦觉美味。

此等自得其乐之事，非对富贵者而言，只做自身今昔之比较。

自这般遁世、隐身之后，怨恨、畏怖尽消，一切悉凭天命，嫌恶凡俗之心顿去。身为浮云，无奢望亦不觉不足。一生所乐，不过枕上安寝。故而一生所期，亦不过日日眺赏美景。[①]

总之，三界[②]唯有一心，心若不安，象马七珍[③]不为贵，宫殿楼阁不可望。今方丈小庵安宁清寂，吾心深爱。偶赴京都，则羞己身如乞丐，然一归小庵，又怜世人奔波俗尘。若有人疑吾之言，请观鱼鸟。鱼不厌水，汝非鱼，焉知鱼之心？鸟投于林，汝非鸟，焉知鸟之意？闲居之趣亦如斯，汝非吾，不居此庵，焉知其中妙处？

---

① 此段原文他本无，据流布本补充。
② 三界：指众生所居之欲界、色界、无色界。
③ 有版本也作"牛马七珍"。但七珍八宝系佛教用语，其中包括白象宝、胜马宝，故取"象马七珍"。

十二　自省

　　吾此生已如月影西倾，行将沉没山后，转眼便赴三途^①之暗。今又有何愚痴之言？佛教之旨，凡事勿执着。今爱草庵，亦是一罪过。执着闲寂，于悟道往生颇有障碍。为何流连于无关紧要之乐而令时光虚度？宁静拂晓，吾思索此中道理，深深自省：遁迹山林，真为潜心修道？然汝貌似圣人，心染浊恶，非但住庵难继净名居士^②之迹，且于佛戒保有上，亦不及周梨槃特^③。此或系前生罪业而得贫贱之报，令人生恼？又或系妄心^④迷乱，致人发狂？此疑问，吾心难答，唯借舌根^⑤诵两三遍"不请阿弥陀佛"^⑥作罢。

跋

　　时，建历二年^⑦弥生^⑧晦日^⑨，桑门莲胤^⑩记于日野外山之庵。

---

① 三途：火途（地狱道）、血途（畜生道）、刀途（饿鬼道）。

② 净名居士：又名维摩诘，早期佛教著名居士、在家菩萨，辅翼佛陀教化，为法身大士。

③ 周梨槃特：又作周利盘特、周罗般陀等，十八罗汉之第十六位。传说他在佛祖弟子中最愚笨，四个月也背不会一首偈颂。某日他正伤心哭泣，佛陀知道后便让他为僧众扫地，还教他念"拂尘"二字。结果他记住"拂"就忘了"尘"，记住"尘"又忘了"拂"；后来佛陀又教他念"除垢"，结果还是随诵即忘。但他依靠佛陀的加持和为僧众扫地的功德，渐渐清净了罪障。一次观心时，他突然开悟：缚结是垢，智慧是除，应以智慧之帚扫除烦恼结缚，当即证阿罗汉果位。

④ 妄心：凡夫六根（眼、耳、鼻、舌、身、意）攀缘六尘（色、声、香、味、触、法）所生的六识（眼识、耳识、鼻识、舌识、身识、意识），皆为虚妄之识。

⑤ 舌根：六根之一。佛说人之所以招致烦恼，即因为有六根存在。

⑥ 不请阿弥陀佛：阿弥陀佛之本愿，乃为迎十方众生往生极乐净土而摄取不舍，一个不弃，一个不离。即便不请求，也会前来接引。

⑦ "建历"是日本第84代天皇顺德天皇的年号。建历二年为公元1212年。

⑧ 弥生：日本民间对三月的别称。

⑨ 晦日：指阴历每月的最后一天。

⑩ "桑门"又作娑门、沙门，出家者的总称。莲胤乃作者法名。

人 心 是 不 待 风 吹 而 自 落 的 花